光文社文庫

文庫書下ろし／長編時代小説

秘剣　水車《みずぐるま》

隠目付江戸日記(二)

鳥羽　亮

JN264089

光　文　社

この作品は光文社文庫のために書下ろされました。

目次

第一章　刀傷　9
第二章　殺し屋　62
第三章　霞斬り　117
第四章　返り討ち　166
第五章　仁右衛門斬り　207
第六章　上意討ち　239

隠《かくれ》目付《めつけ》江戸《えど》日記《にっき》（二）

秘剣《ひけん》水車《みずぐるま》

◆『隠目付江戸日記（二）』主な登場人物

海野洋之介 駿河国・江崎藩元目付組頭。甲源一刀流の達人。いまは、家督を息子に譲り、ふとしたことで仲良くなった舟政の女将・おみつのところに居候しながら、「江崎藩隠目付」として活躍。

おみつ 船宿・舟政の女将。仙太を女手一つで育ててきた。洋之介を慕い頼りにしている。

仙　太 舟政の女将の息子。洋之介になついている。

甚　八 昔は疾風の甚八と呼ばれる独り働きの盗人だったが、町方にとらえられるところを洋之介に救われ、隠目付・洋之介の密偵に。

海野友之助 洋之介の息子。江崎藩藩士。

岡倉牧右衛門 江崎藩の大目付。洋之介に隠目付を依頼した人物。

小暮又八郎 耀武館で修行した郷士で甲源一刀流の神髄を会得したのち、江戸へ出て赤坂で道場を開いている。洋之介の師匠。

滝川泉十郎 江崎藩で山方をしており、郡代の近松新兵衛を斬り殺して出奔。天童流の遣い手。

仁右衛門 滝川泉十郎に接触。いくつかの賭場を牛耳っている。

梅　吉 舟政の船頭。

寅　六 舟政の船頭。

玄　次 舟政の船頭。元腕利きの岡っ引き。

東五郎 材木問屋「繁野屋」のあるじ。洋之介の釣り仲間。

徳兵衛 料理屋の旦那で洋之介の釣り仲間。

繁　蔵 大工の棟梁で洋之介の釣り仲間。

蓑　造 瀬戸物屋の隠居。洋之介の釣り仲間。

第一章　刀傷

1

「海野《かいの》さま、ここがあいてますよ」

材木問屋の東五郎《とうごろう》が、声をかけた。

東五郎の脇の空樽《あきだる》があいている。土間に置かれた飯台《はんだい》のまわりに、腰掛け用の空樽が並べてあったのだ。

深川、今川町にある釣宿舟政《つりやどふなまさ》である。舟政は、釣宿といっても釣客だけの店ではなく、船宿《ふなやど》もかねていて、吉原や歓楽街への送迎、宴席なども引き受けていた。

いま、店には釣客ばかり、七人の男が集まっていた。東五郎、料理屋の旦那の徳兵衛《とくべえ》、大工の棟梁《とうりょう》の繁蔵《しげぞう》、瀬戸物屋の隠居の蓑造《みのぞう》、御家人だが非役で暇を持て余している戸田《とだ》弁之助《べんのすけ》、それに舟政の船頭の寅六《とらろく》と玄次《げんじ》である。

まだ、明け六ツ（午前六時）前で、これから舟で大川の河口に釣りに出かけるところだった。

釣人の朝は早い。狙い魚によっては、明け方や夕方しか餌を食わず、昼間は釣りにならないこともあるし、日中の釣りは陽射《ひざ》しが強く、かえって辛いのである。

「おお、すまんな」

海野洋之介《ようのすけ》は、笑みを浮かべて東五郎の脇に腰を下ろした。

洋之介は、四十八歳。面長《おもなが》で頤《おとがい》が張っていた。浅黒い肌をした馬面《うまづら》である。丸い大きな目で、分厚い唇をしていた。どう見ても男前とは言えないが、沙魚《はぜ》に似て愛嬌《あいきょう》があり、憎めない顔ではある。

洋之介も、東五郎たち釣り仲間といっしょに舟政の舟で大川の下流に鱚《きす》釣りに行くつもりだった。ちかごろ、大川の下流や江戸《えど》湊《みなと》の浅場でいい型の鱚や沙魚が上がっていて、釣り好きの男たちが、三艘の舟を仕立てて出かけることになっていたのだ。

「海野さま、中洲辺りで、シロギスがだいぶ出てるそうですよ」

東五郎が目を細めて言った。

東五郎は五十がらみ。丸顔で細い目をしていた。繁野屋《しげのや》という材木問屋のあるじだが、実際の商いは倅《せがれ》にまかせ、ちかごろは釣り三昧《ざんまい》の日々を過ごしているようである。

中洲は大川の下流、霊岸島《れいがんじま》の手前で、川の流れが分かれている地帯で、上流からの土砂が堆積して浅瀬になった場所である。

鱚釣りは中川にいい釣場があったが、大川の下流の浅瀬でもよく釣れたのである。

「立ち込み釣りで、四、五十も上げた者がいるそうだ」

戸田が、脇から口をはさんだ。

立ち込み釣りとは、釣人が水のなかへ入って釣る方法である。引き潮のときに浅瀬に入り、潮が満ちてくるのに合わせて陸へ退きながら釣る方法と、海中に脚立《きゃたつ》を立てて釣る方法とがあった。

鱚釣りは、シロギスとアオギスによってもちがうが、立ち込み釣りと舟釣りの両方があったのである。

「そろそろ、出かけませんと、陽が上りますよ」

徳兵衛が戸口から外を覗《のぞ》きながら言った。

洋之介が二階から店に下りて来たときは、まだ暗かったが、いまは戸口の腰高障子《こしだかしょうじ》が仄《ほの》かに白んでいた。

洋之介は舟政の居候で、二階の一間を借りて寝起きしていたのだ。

「だいぶ、明るくなってきたな」

洋之介も戸口に目をむけた。

早朝の静かなときに釣糸を垂れたいなら、そろそろ舟に乗らなければならない。

「それにしても、信濃屋《しなのや》さん、遅いですねえ」

蓑造が小声で言った。声は静かだったが、顔に焦りの色があった。早く行かないといい釣場は、他の釣人にとられてしまうのである。

信濃屋久兵衛《きゅうべえ》は深川相川町《あいかわちょう》にある魚油問屋のあるじだった。やはり、釣り好きで今日の釣行に同行することになっていたのだ。

「まったく、梅吉《うめきち》のやつ、何をやってるんだい。船頭が遅れたんじゃァ話にならねえ」

寅六が苛立《いらだ》ったように言った。

梅吉も、舟政の船頭だった。今日の船頭は寅六、玄次、梅吉の三人で三艘の舟を出すことになっていたのだ。

鱚は敏感な魚で、音を立てると逃げてしまう。そのため、一艘の舟に、二、三人の釣人しか乗れないのである。

「来たようですよ」

東五郎が、腰を浮かせて言った。

通りを走ってくる足音が聞こえた。店の方に近付いてくる。

足音は戸口の前でとまり、すぐに腰高障子があいた。土間に飛び込んできたのは梅吉だった。

「て、てえへんだ！　久兵衛さんが、殺されてる！」

梅吉は店のなかの男たちを見るなり、声を上げた。よほど急いで来たと見え、顔が紅潮し、肩で息をしている。

「殺されているだと！」

思わず、洋之介が聞き返した。

その場にいた男たちも驚愕《きょうがく》し、息を呑んでいる。

「へい、佐賀町《さがちょう》の大川端《おおかわばた》で」

「近くだ」

佐賀町は舟政のある今川町の隣町である。大川端沿いに長くつづいている町である。

「行ってみよう。梅吉、連れていってくれ」

こうなると、釣りどころではなかった。それに、洋之介は久兵衛とは釣り仲間として親しくしていたのだ。

「わたしも行く」

東五郎が、蒼《あお》ざめた顔で立ち上がった。

すると、その場に居合わせた男たちが、おれも、行く、わたしも、行きます、などと声を上げて、次々に立ち上がった。

梅吉を先頭にして、洋之介をはじめ店にいた釣客たちが、仙台堀《せんだいぼり》沿いの道を大川端にむかった。舟政は大川端ではなく、仙台堀沿いにあったのだ。もっとも、舟政から大川端まで、すぐ近くである。

「こっちでさァ」

大川端に出ると、梅吉は小走りに川下へむかった。

梅吉は二十二歳。赤ら顔で、まだ少年らしさの残っている丸い目をしていた。おひとよしで、おっちょこちょいである。

佐賀町にむかいながら梅吉が話したことによると、今朝暗いうちに起きて、佐賀町の長屋から舟政にむかう途中、朝の早い豆腐売りが大川端に立っていたので訊《き》いてみると、人が殺されているという。

「あっしが覗いてみると、久兵衛さんが血まみれになって倒れてたんでさァ」

梅吉が、こわばった顔で言い添えた。

「久兵衛ひとりか」

洋之介が訊いた。

「へい、倒れていたのは久兵衛さんだけで」

そんなやり取りをしている間に一行は、佐賀町に入った。

「あそこですぜ」

梅吉が指差した。

大川端に人だかりがしていた。十人ほどの男が集まっている。朝の早い豆腐売り、ぼてふり、それに近所の住人らしい男たちだった。

2

大川端は、淡い朝のひかりにつつまれていた。東の空が茜《あかね》色に染まり、頭上の空は青さを増している。

通り沿いの表店《おもてだな》や岸辺の柳などが、輪郭と色彩をとりもどしていた。大川の川面《かわも》はまだいくぶん黒ずんでいたが、無数の波の起伏を刻みながら江戸湊の彼方《かなた》まで滔々《とうとう》と流れている。日中は、客を乗せた猪牙舟《ちょきぶね》や荷を積んだ艀《はしけ》などが、さかんに行き来しているのだが、いまは二艘の釣舟が、波間にその船影を見せているだけである。

「どいてくれ！」

人だかりに近付くと、梅吉が声を上げた。

その声で、集まっていた男たちがいっせいに振り返り、慌てた様子でその場から身を引いた。無理もない。大勢の男たちが、血相を変えて駆け寄ってきたのだ。男たちのなかには、洋之介と武士の戸田の姿もあった。通りすがりの野次馬でないことは、すぐに分かっただろう。

見ると、川岸の叢《くさむら》のなかに男がひとり仰臥《ぎようが》していた。久兵衛らしい。黒羽織に、細縞の小袖《こそで》姿だった。

「こ、これは！」

洋之介は死顔《しにがお》を見て、息を呑んだ。

凄まじい死顔だった。久兵衛の顔はどす黒い血に染まり、見開いた目が鶉《うずら》の卵のように飛び出していた。

頭が縦に柘榴《ざくろ》のように割れていた。ひらいた傷口の間から、割れた頭骨が白く覗いている。

その場に集まった男たちは、その凄絶《せいぜつ》な死顔を見て言葉を失っていた。東五郎や蓑造などは、紙のように蒼ざめた顔で身を顫《ふる》わせている。

……刀傷《かたなきず》だ！

と、洋之介は見てとった。

下手人は、久兵衛の止面から真っ向に斬り下ろしたのである。他には傷がないので、一太刀で仕留めたのであろう。

……斬られたのは、昨夜か。

洋之介は、血の固まり具合からそうみた。それに、久兵衛の身装《みなり》も、商売をしているときのものである。早朝、釣宿に来る途中で襲われたのではないようだ。

「か、海野さま、だ、だれが、こんなことを……」

東五郎が声を震わせて訊いた。

「分からんな」

腕の立つ武士が斬ったことは確かだが、それ以上のことは分からなかった。

それから、明け六ツ（午前六時）の鐘が鳴っていっときしたとき、

「信濃屋から駆け付けたぞ！」

と、野次馬のなかから声が上がった。

通りに目をやると、十人ほどの男が駆けてくる。信濃屋の倅の松次郎《まつじろう》と奉公人たちだった。洋之介は松次郎の顔を知っていた。釣りはやらなかったが、久兵衛といっしょに舟政

に立ち寄ったことがあったのである。

信濃屋は、深川相川町にある魚油問屋の大店だった。干鰯魚《ほしか》、魚油などを手広く扱っている。その店から、あるじの死を知って、駆け付けたようだ。

「お、おとっつぁん……」

松次郎は、久兵衛の胸に顔を伏せて泣き声を上げた。松次郎は二十二、三歳だった。

洋之介は久兵衛から、松次郎は信濃屋を引き継いだわけではないが、ちかごろは父親の久兵衛に代わって商いの話を進めることもある、と聞いていた。

番頭、手代《てだい》、丁稚《でっち》などが、横たわっている久兵衛を取りかこんでいた。どの顔も蒼ざめ、身を顫わせている。あまりに凄惨な死顔に衝撃を受け、言葉も失っているようだ。

それから、一刻（二時間）ほどすると、深川や本所《ほんじょ》を縄張りとする岡っ引きや下っ引きたちが、集まってきた。

洋之介たちは、久兵衛の死体からすこし身を引いた。岡っ引きたちの探索の邪魔にならないようにしたのである。

このころになると、通りすがりの者や近所の女子供までが集まってきて、幾重にも人垣ができていた。

洋之介は野次馬たちの前にいて、岡っ引きと松次郎や信濃屋の奉公人たちのやり取りに耳をかたむけた。その結果、久兵衛は昨夕、佐賀町にある吉野屋《よしのや》という料理屋での商談に出かけ、その帰りに何者かに襲われて斬殺されたらしいことが分かった。

深川を縄張りにしている宗造《むねぞう》という岡っ引きが、

「若旦那、下手人は辻斬りですぜ」

と、小声で松次郎に言った。

洋之介も、辻斬りの仕業であろうと思った。洋之介は、釣り仲間ということもあり久兵衛の人柄はよく知っていた。他人に殺されるほど恨まれるような男ではなかったし、商売上の揉め事があるとも聞いていなかったのだ。

そのとき、野次馬たちのなかから、八丁堀の旦那だ！　という声が上がり、人垣が揺れた。見ると、八丁堀同心が数人の手先を連れて、こちらに足早にむかってくる。

町奉行所の同心は、小袖を着流し、黒羽織の裾を帯に挟む巻羽織《まきばおり》という格好をしているので、遠目にもそれと分かるのだ。

「舟政に帰るか」

洋之介が、東五郎たちに声をかけた。これ以上、ここに立っていてもどうにもならないのである。

「帰りましょう」

東五郎が力なく言った。

洋之介たちは肩を落とし、来た道を舟政へむかって歩き始めた。

油堀にかかる下ノ橋まで来たとき、玄次が洋之介に身を寄せて、

「旦那、ちょいと、様子を訊いてみやすぜ」

と、耳打ちした。

「そうしてくれ」

洋之介が小声で言った。どうせ、鱚釣りは中止である。玄次が抜けても、差し障《さわ》りはないのだ。

玄次は三十がらみ、肌の浅黒い剽悍《ひょうかん》そうな面構えをしていた。いまでこそ、舟政の船頭をしているが、元は腕利きの岡っ引きだったのである。

玄次は、酒に酔った遊び人が匕首《あいくち》を振りまわして暴れているのをとめようとして、過って刺し殺してしまった。そのことが元で岡っ引きをやめ、好きな釣りもできるということもあって、舟政の船頭になったのだ。

玄次は、凄惨な久兵衛の死顔を見て、むかしの岡っ引きの血が騒いだのであろう。それに、岡っ引き仲間から話を聞けば、下手人の目星がつくかもしれない。

洋之介たちが舟政にもどると、釣り好きの寅六が、

「どうです、近場で、沙魚《はぜ》でもやりやすか」

と、誘ったが、だれもうなずかなかった。

だれもが釣り仲間の久兵衛の死顔を見て、すっかり気落ちし、釣りどころではなくなっていたのである。

3

「小父《おじ》ちゃん、起きてる？」

障子の向こうで、洋之介を呼ぶ仙太《せんた》の声がした、
仙太は六つ。舟政の女将《おかみ》、おみつの子である。仙太が三つのとき、おみつの亭主の盛造《もりぞう》は流行病《はやりやまい》で急逝し、その後はおみつが女手ひとつで仙太を育てながら舟政を切り盛りしてきたのだ。

洋之介が舟政に居候するようになったのは、二年ほど前のことだった。それまで、釣り好きだった洋之介は舟政の常連客だったが、泊まるようなことはなかった。

洋之介は駿河国《するがのくに》、江崎藩《えざきはん》七万石の家臣だったが、三年ほど前に倅の友之助《とものすけ》に家を継がせて隠居したのだ。その後、江崎藩の屋敷を出て、本所、緑町の借家でひとり暮らしをしな

がら、舟政に足繁く通っていた。

そのようなおり、ふたりの徒《いたずら》牢人《ろうにん》が些細《ささい》なことで舟政に因縁をつけ、おみつから金を脅し取ろうとした。たまたま釣りから店にもどってきた洋之介が、剣をふるってふたりの牢人を退散させたのだ。

ふたりの牢人が逃げ出したのを見たおみつは、

「ふたりの仕返しが怖いので、今夜は泊まってくれ」

と、洋之介にせがんだ。

その夜は酒を馳走になっただけで何事もなかったが、その後、おみつは洋之介を頼りにするようになり、舟政に何か揉め事があると、洋之介を頼むようになった。

そうしたことがつづき、洋之介は釣りで遅くなったり、深酒をしたときなどは舟政に泊まるようになった。

ある夜、酒に酔って泊まったとき、洋之介はおみつを抱いてしまった。その後、洋之介は居候と用心棒のような立場で、舟政の二階に寝泊まりするようになったのである。

「起きてるぞ」

洋之介は身を起こした。

すでに、陽は高くなっているらしく、障子が初秋の陽射しを映じて白くかがやいていた。

「おっかさんが、下で呼んでるぞ」

仙太が言った。

「分かった。すぐ、行く」

洋之介は急いで寝間着を脱ぎ、部屋の隅に脱いだままになっていた小袖を手にした。

「朝めしか」

着替えながら、洋之介が訊いた。

「お客さんだよ」

そう言って、仙太が障子をあけて部屋のなかを覗いた。

どんぐり眼《まなこ》をキョロキョロさせて、洋之介が褌《ふんどし》ひとつになって着替えている姿や散らかっている部屋のなかを見まわしている。父親がいないこともあって、洋之介の暮らしぶりが、気になるのかもしれない。

「仙太、客は町人か」

洋之介が帯をしめながら訊いた。

「そうだよ」

「釣りの客かもしれんな」

釣客のなかには、舟政で仕立てた舟に余裕があるとき、洋之介を釣行に誘う者もいたのである。

洋之介が仙太につづいて階段を下りると、土間の飯台におみつとふたりの男が腰を下ろしていた。東五郎と信濃屋の若旦那の松次郎である。ふたりの顔は、こわばっていた。おみつの顔にも困惑の色がある。どうやら、釣りの誘いではないようだ。

「おふたりから、旦那に頼みたいことがあるそうですよ」

おみつは、茶を淹《い》れましょう、と言って、立ち上がった。おみつは、東五郎たちと顔を突き合わせているのに困惑していたらしい。

おみつは太り肉《じし》で、大柄だった。腰まわりなど、洋之介よりはるかに大きかった。女手ひとつで、釣宿を切り盛りしている貫禄がある。ただ、色白でふっくらした頬やちいさな形のいい唇などには、まだまだ女の色気が残っていた。

洋之介は飯台のまわりに置いてある空樽に腰を下ろすと、

「頼みとは？」

と、訊いた。

「殺された久兵衛さんのことです」

東五郎が声をひそめて言った。

久兵衛が大川端で斬殺されてから、半月ほど経っていた。その後、信濃屋では久兵衛の亡骸《なきがら》を丁重に葬ったと聞いていた。洋之介は葬式に顔を出さなかったが、釣り仲間だった東五郎、徳兵衛、蓑造などは弔問に行ったという。

「久兵衛さんのことで、おれに何か用があるのか」

洋之介が訊くと、松次郎が身を乗り出すようにして、

「このままでは、おとっつぁんが、浮かばれません」

と、思いつめたような顔で言った。

「うむ……」

洋之介にも、松次郎の気持ちは分かった。洋之介自身、久兵衛の無残な死顔を見たとき、このままでは、久兵衛は浮かばれまい、と思ったのだ。

「久兵衛さんを殺したのは、辻斬りのようです。宗造親分から聞いた話だと、久兵衛さんの他にも同じ辻斬りに殺された者がいるらしいんです」

東五郎が言った。

宗造は、久兵衛が殺された現場にいた岡っ引きである。深川を縄張りにしている男だと聞いていた。

「それで、おれに何をしろというのだ」

「海野さまに、辻斬りを斬っていただき、久兵衛さんの敵《かたき》を討って欲しいんです」

東五郎が言うと、

「お願いします。おとっつぁんの敵を討ってください」

松次郎が絞り出すような声で言い、飯台に両手をついて頭を下げた。

「待て、頭を上げろ」

慌てて、洋之介が言った。

「それは、町方《まちかた》の仕事だ。おれは、釣宿の居候だぞ」

敵討ちなど、とんでもない話である。

「いえ、海野さまが、これまで舟政に因縁をつけてきた牢人や遊び人を剣の腕に物を言わせて追い払ってきたのをおとっつぁんから聞いています。海野さまなら、辻斬りを討つこともできます」

松次郎が必死の面持ちで言った。

「無理だ……」

洋之介は当惑した。

「実は、町方が頼りにならないもので、海野の旦那しかいないと思い、こうしてお頼みしているのです」

東五郎によると、岡っ引きたちは辻斬りを怖がって、まともな探索をしないという。それればかりか、夕暮れ時の大川端や人影のない通りなど、出歩かないようにしているそうだ。

「どうして、それほど怖がるのだ」

洋之介が訊いた。

「宗造親分の話だと、辻斬りをお縄にしようとして夕暮れ時に柳原通りを歩いていた岡っ引きが、久兵衛さんと同じように頭を割られて殺されたそうです。それで、二の舞いは踏みたくないと用心してるらしいんです」

東五郎が渋い顔をして言った。

「うむ……」

洋之介は、だからといって自分が出る幕ではないと思ったが、黙っていた。

「わたしらは、久兵衛さんの惨《ひど》い死顔を見たとき、心底から下手人が憎いと思いました。……海野さまは、どうでした」

東五郎が、洋之介に顔をむけて訊いた。

「むろん、おれも下手人を憎いと思った。おれは、久兵衛と何度も釣りに行っている釣り仲間だからな」

洋之介の偽らざる気持ちだった。

「そうでございましょう。あの場にいた徳兵衛さんや繁蔵さんも同じ気持ちでしたよ。それで、先日、久兵衛さんと親しくしていた釣り仲間で集まりましてね。久兵衛さんのために、何かできないか相談したんですよ。……それで、わたしらみんなで、久兵衛さんの敵を討ってやろうということになりましてね」

東五郎はそこまで話すと、口をつぐみ、懐から袱紗包《ふくさづつ》みを取り出した。

「わたしどもは、商人《あきんど》です。敵討ちといっても、刀を振りまわしたり、敵を探したりすることはできません。できるのは、お金で手助けすることぐらいです。そこで、みんなでお金を出し合うことにしました。わずかですが、そのお金がこれです」

東五郎は、そう言って袱紗包みを飯台の上に置き、徳兵衛、繁蔵、蓑造、当日舟政にはいなかったが、瀬戸物屋の源蔵《げんぞう》、それに松次郎の名を口にした。どうやら、東五郎を始めとして六人から金を集めたらしい。

袱紗包みの膨らみ具合から見て、切り餅が包んでありそうだった。

「それで？」

洋之介が訊いた。

「海野さまは久兵衛さんの釣り仲間であるし、舟政にもおられますし、剣の腕でお力を貸していただこうと思ったのです」

東五郎が言うと、松次郎が、

「お力添えをお願いいたします」

と言って、また頭を下げた。

「うむ……」

どうやら、釣り仲間で久兵衛の無念を晴らしてやりたいということらしい。東五郎たちは金を出すので、金のない洋之介は腕を貸せということなのだ。

そのとき、おみつが茶道具を持って板場から出てきた。男たちの話が込み入っているとみたらしく、おみつは何も言わず、湯飲みに茶をついで男たちの前に置くと、帳場へ下がってしまった。

「いかがでございましょう。……些少《ほど》ですが、百両ございます」

そう言って、東五郎が袱紗包みを解いた。

切り餅が四つ包んであった。切り餅ひとつが二十五両なので、ちょうど百両ということになる。

「この金は、おれが使ってもいいということか」

百両は大金である。ちかごろ、百両もの金を手にしたことはない。

「はい」

「だが、敵を討つのは容易なことではないぞ」

洋之介は、断れない気持ちになっていた。ただ、名も素性も分からない相手を探し出して討つのは難しい。それに、相手は町方でさえ尻込みするような遣《つか》い手《て》なのだ。洋之介が返り討ちに遭うかもしれない。

「承知しております」

「何年経っても、討てぬかもしれんぞ」

「…………」

「それに、相手が江戸を離れたら、それっきりだ」

洋之介は、敵を追って旅に出る気などさらさらなかった。

「海野さま、分かっております。……わたしどもは、海野さまに無理をしてまで、敵を討って欲しいとは思っておりません。ご無理をなさらず、討てるとみたときに、討っていただければそれでいいのです」

東五郎が声を落として言った。

松次郎はともかく、東五郎たちはどうしても敵を討ちたいというのではないらしい。釣り仲間として、久兵衛のためにできることをしてやることが供養にもなるし、自分たちの慰めにもなると思っているのだろう。

「それならば」

洋之介は袱紗包みに手を伸ばした。

4

舟政を出た洋之介は、仙台堀の桟橋に目をやった。舟政の猪牙舟を繋《つな》いである桟橋である。洋之介は、玄次を探しに来たのだ。

洋之介は船底に腰を下ろして一服している玄次の姿を目にし、短い石段を下りて桟橋へ出た。

「旦那、あっしですかい」

玄次は洋之介を目にすると、船底から首を伸ばして訊いた。手にした煙管《キセル》の雁首《がんくび》から立ち上った煙が、白い筋となって川風に流れていく。船底を打つ流れの音が、絶え間なく聞こえている。

「そうだ」

洋之介は玄次の乗っている舟に近寄った。

「込み入った話で？」

「まぁな」

「舟を出しやしょう」

玄次は船縁《ふなべり》で雁首をたたき、莨《たばこ》の吸い殻を落とした。玄次の顔がひきしまった。ふだん船頭をやっているときの顔とちがっている。

玄次は洋之介が使っている密偵のひとりだった。洋之介は、玄次の岡っ引きだったころの腕を見込み、これまで何度も密偵として使っていたのだ。

洋之介は舟政で居候しているが、その実、江崎藩の隠目付《かくれめつけ》であった。ただ、江崎藩に隠目付と称する役職はなかった。洋之介だけに与えられていた特殊な任務である。

洋之介は隠居する前、江崎藩の目付組頭《めつけくみがしら》だった。江崎藩の目付は、家臣を監察して勤怠《きんたい》を大目付に報告するとともに、領内での訴訟や家臣がかかわった事件などの探索にあたっている。

洋之介は家督《かとく》を倅の友之助に譲って隠居するおり、目付を束ねている大目付の岡倉牧右衛門《おかくらまきえもん》に呼ばれた。

江崎藩の大目付は三人いて、国許《くにもと》にふたりおり、江戸にひとりいた。そのひとりが、岡倉であった。洋之介は岡倉直属の配下だったのである。

岡倉は洋之介を前にして、

「海野はまだ若い。どうだな、隠居した後も江戸市中に住み、隠目付として手を貸してくれんか」

と、頼んだ。

岡倉は、洋之介が甲源一刀流《こうげんいっとう》の遣い手であり、江戸市中のことにも明るかったので、このまま隠居してしまうのは惜しいと思ったようである。

甲源一刀流は、逸見太四郎義年《へんみたしろうよしとし》によってひらかれた流派である。逸見は溝口《みぞぐち》派一刀流を学び精妙《せいみょう》を得ると、武州秩父郡《ちちぶごおり》小沢口《おざわぐち》に剣術の道場「耀武館《ようぶかん》」を建てて門人を育成した。この耀武館で修行した秩父郡に住む郷士《ごうし》の小暮又八郎《こぐれまたはちろう》が甲源一刀流の神髄《しんずい》を会得《えとく》した後、江戸に出て赤坂に道場をひらいた。

洋之介は父親が江戸勤番だったこともあって、赤坂の小暮道場で甲源一刀流を修行したのである。

当初、洋之介は岡倉の頼みを断った。隠居後は好きな釣り三昧で余生を送ろうと思っていたのである。

「むずかしく考えんでもよい。特別な事件のおりにだけ、手を貸してくれればいいのだ。むろん、好きな釣りをやめろなどとは言わん」

そう言って、岡倉は固辞する洋之介を口説いた。

「ならば、お引き受けいたしましょう」

洋之介は承知した。倅の友之助が江崎藩で扶持《ふち》を得ていることもあるし、隠目付という仕事が自分の性にあっているような気もしたからだ。


洋之介が舟に乗り込むと、玄次は艫《とも》に立ち、棹《さお》を握って水押《みお》しを大川の方へむけた。洋之介は、隠目付の仕事を玄次に頼むとき、舟で大川に出てから話すことが多かった。他人の耳目を心配せずに話すことができたからである。

仙台堀から大川に出ると、玄次は艫に立ったまま、

「信濃屋の旦那が殺された件ですかい」

と、流れの音に負けないよう声を大きくして訊いた。玄次は棹から櫓《ろ》に持ち替えて、巧みに舟をあやつっている。

「そうだが、玄次、おれから話す前に、何か聞き込んだことがあったら話してくれ」

洋之介も声を大きくして言った。

玄次は、久兵衛が殺された現場で、様子を訊いてみる、と言って残ったのだ。

「へい、下手人なんですがね。これまで、何人も斬ってるようなんでさァ」

玄次が言った。

「そうらしいな」

洋之介は、舟政に来る釣客から、頭を斬る辻斬りの手にかかって何人か殺されているという噂話を耳にしていた。

「岡っ引きたちは仲間内で、鉢割《はちわ》りと呼んで怖がっていやすぜ」

「鉢割りだと」

思わず、洋之介が聞き返した。

「頭を斬り割るからでさァ」

「うむ」

「島吉《しまきち》ってえ岡っ引きも殺《や》られやしてね。町方の手先たちは、みんな二の足を踏んでまさァ」

「その話は、おれも聞いている」

東五郎から聞いたばかりである。

「下手人は牢人らしいというだけで、まだ何もつかんじゃァいねえようで」

「うむ……」

「それで、旦那のご用は？」

「久兵衛を斬った下手人を斬ってくれ、と東五郎たちに頼まれてな」

洋之介は、東五郎と松次郎が舟政に来て、久兵衛の敵討ちを依頼されたことをかいつまんで話した。

「厄介《やっかい》な仕事ですぜ」

「分かっているが、おれも久兵衛とは親しくしていたからな。他人事とは思えんのだ」

「それで、あっしは何をすればいいんで」

玄次が訊いた。

舟は永代橋《えいたいばし》をくぐり、目の前に江戸湊の海原《うなばら》がひろがっていた。海はおだやかだった。初秋の陽射しのなかに、荷を積んだ艀《はしけ》や白い帆を張った大型の廻船がゆったりと行き交っている。

「下手人を探ってもらいたい」

洋之介が隠目付らしいひきしまった顔で言った。

「ようがす」

玄次が低い声で言った。双眸《そうぼう》が、腕利きの岡っ引きらしい鋭いひかりを宿《やど》している。

「十両ある」

洋之介は、懐から財布を取り出し、船底の莫蓙《ござ》の上に十両置いた。東五郎たちからもらった金の一部である。洋之介は密偵たちに仕事を頼むおり、相応の金を渡していたのだ。

「甚八《じんぱち》さんにも、つなぎやしょうか」

玄次の他にも密偵がいた。疾風《はやて》の甚八と呼ばれる男である。

「まだ、いい。しばらく様子を見てからだな」

「承知しやした」

「玄次」

洋之介が声をあらためて言った。

「へい」

「油断するなよ。下手に嗅《か》ぎまわると、それこそ島吉の二の舞いだぞ」

「旦那も用心してくだせえ」

玄次が洋之介に目をむけて言った。

5

「海野の旦那、沙魚はどうです」

寅六が、上目遣《うわめづか》いに洋之介を見ながら言った。ちかごろ、洋之介が釣りに出かけないので誘っているのである。

久兵衛が殺されてから、急に釣客がすくなくなり、舟を出さない日もあった。今日も朝から釣客はなく、寅六は暇を持て余していたのだ。

寅六は、十六、七のころから舟政の船頭として働き、釣客を相手にすることが多かった。自分も無類の釣り好きで、大川、中川、江戸湊などの釣場のことは自分の庭のように熟知している。

「沙魚な」

洋之介は気のない返事をした。

「間《あい》の洲《す》でいい型《かた》が上がってるようですぜ」

間の洲は、大川の河口、佃島《つくだじま》の南から沖合にむかってのびる浅瀬である。沙魚の釣場として知られた場所だった。

「またにしよう」

「旦那ァ、沙魚の天麩羅《てんぷら》で一杯ってなァどうです」

寅六が、さらに誘ってきた。

「いいな」

「行きやしょう。沙魚釣りに」

寅六が声を上げた。

そのときだった。戸口に駆け込んでくる足音がし、ガラリと腰高障子があいた。飛び込んできたのは、梅吉だった。

「だ、旦那、また殺しだ!」

梅吉が洋之介の顔を見るなり、声を上げた。

「梅吉、おれは町方ではないぞ。殺しがあっても、おれにかかわりはない」

洋之介が言うと、

「そうだとも。旦那は、これから沙魚釣りだ」

と、寅六がつづいた。

「いいんですかい、頭を割られて死んでるんですぜ」

梅吉が口をとがらせて言った。

「なに、頭を割られてるだと!」

洋之介の脳裏に、頭を斬られて横たわっていた久兵衛の死体がよぎった。同じ下手人かもしれない。

「それも、殺られてるのはお侍ですぜ」

「梅吉、場所はどこだ」

「高橋《たかばし》のそばでさァ」

「小名木川《おなぎがわ》か」

「へい」

「行くぞ」

高橋は小名木川にかかる橋で、今川町からも遠くない。

洋之介が梅吉につづいて戸口から出ると、

「だ、旦那、釣りは」

寅六が慌てて追ってきた。

「沙魚は後だ」

のんびり釣糸を垂れているわけにはいかなかった。

「せっかく、その気になったのに、なんてえことだい」

ぼやきながら、寅六も洋之介の後についてきた。

洋之介たちは、仙台堀沿いの道を東にむかった。大川とは反対方向である。そして、仙台堀にかかる海辺橋《うみべばし》を渡ると、本所《ほんじょ》方面に足をむけた。その道の先に高橋がある。

霊巌寺《れいがんじ》の脇を過ぎると、前方に小名木川にかかる高橋が見えてきた。

高橋のたもとまで来たとき、

「旦那、あそこで」

梅吉が、左手を指差して言った。そこは海辺大工町《だいくまち》で、川沿いの道に小体《こてい》な店が並んでいた。

半町ほど先の川岸の空き地に人だかりがしていた。叢《くさむら》のなかに通りすがりの者らしい職人ふうの男、店者《たなもの》、ぼてふりなどが集まっている。すこし離れた場所に、女子供の姿もあった。近所の住人も集まっているらしい。

その人垣の近くまで来ると、

「ちょいと、ごめんよ」

梅吉が声をかけて、道をあけさせた。

岡っ引きらしい男が何人か人垣の前にいた。足元に目をやっている。宗造の姿もあった。死体は岡っ引きたちの立っている足元に横たわっているらしい。

洋之介は人垣の前に出た。寅六と梅吉は洋之介の脇に立っている。

叢のなかに、黒羽織に袴姿の武士が仰臥していた。右手に刀を手にしていた。下手人と戦ったのであろう。刀身が陽射しを反射《はね》て、鋭くひかっている。

……同じ手だ！

洋之介は、久兵衛を斬った下手人と同じだと思った。

倒れている武士の頭頂から額にかけて割れ、どす黒い血に染まっていた。ひらいた傷口から頭骨が覗いている。

凄絶な死顔だった。血まみれの顔が苦悶《くもん》にゆがみ、飛び出た目玉だけが白く浮き上がったように見えている。

「だ、旦那、ひでえ顔だ……」

寅六が声を震わせて言った。顔がこわばっている。

「うむ……」

「久兵衛さんを殺った下手人ですぜ」

梅吉が小声で言った。

「そのようだな」

梅吉に分かるほど、刀傷がよく似ていた。

岡っ引きたちの会話のなかに、鉢割り、という言葉が聞き取れた。下手人のことを言っているらしい。

洋之介たちがその場に来て、小半刻（三十分）ほど過ぎたとき、人垣がざわつき、前をあけろ！　という声がひびいた。

目をやると、数人の武士が人垣を分けてこちらにむかってくる。いずれも、けわしい顔をしていた。武士たちは羽織袴姿で、二刀を帯びている。江戸勤番の藩士か御家人であろう。

……どこかで、見たようだが。

洋之介は、先頭にいた大柄な武士の顔をどこかで見たような気がした。濃い眉で、眼光の鋭い男だった。

江崎藩士のような気がしたが、身分も名も思い出せなかった。

「戸川《とがわ》どの！」

大柄な武士が、横たわっている死体を見て声を上げた。

どうやら、斬殺された武士は戸川という名らしい。大柄な武士と同じ家中の者かもしれない。

「滝川《たきがわ》の手にかかったか！」

別の痩身の武士が言った。

その言葉から、下手人は滝川という男であることが分かった。この者たちは、辻斬りを知っているらしい。

そのとき、宗造が大柄な武士に近付き、

「お武家さまは、下手人をご存じで？」

と、腰をかがめながら訊いた。

「知らぬが、おそらく、この男は立ち合いで敗れたのだ。武士の立ち合いゆえ、町方のかかわることではない」

大柄な武士が強い口調で言った。

「へえ」

宗造は顔をこわばらせて後じさった。武士にそう言われては、岡っ引きの出る幕はなかった。町奉行の支配は町人だけである。しかも、武士同士の立ち合いで敗れたとなれば、岡っ引きはむろんのこと、町奉行所の同心でも手は出せないだろう。

「この亡骸は、われらが引き取る。おまえたちは、手を出すな」

大柄な武士が、岡っ引きたちを睨《にら》むように見すえて言った。

6

階段を上がる足音がした。重いひびきのある足音だった。おみつであろう。それでも、いつもより、せわしそうな足音だった。

洋之介はおみつに頼んで貧乏徳利《びんぼうどつくり》に酒を入れてもらい、二階の座敷に胡座《あぐら》をかきひとりで飲んでいたのだ。

おみつは障子越しに、

「旦那、お客さまですよ」

と、声をかけた。

「だれだ？」

「江崎藩の方です」

おみつは、洋之介が江崎藩の家臣だったことを知っていたし、江崎藩士が洋之介を訪ねて舟政に来ることもあったのだ。

「すぐ行く」

洋之介は、手にした湯飲みを畳において立ち上がった。

障子をあけて廊下に出ると、

「だれが来たのだ」

と、小声で訊いた。

「岡倉さまと、知らない方がおふたり……」

おみつの顔は、緊張していた。岡倉が、身分のある武士と知っていたからである。

大目付の岡倉牧右衛門だった。岡倉は洋之介に隠目付の仕事を指示するために舟政に来たことがあるのだ。

洋之介が階下に下りると、土間に三人の武士が立っていた。岡倉と藩士らしい武士がふたり。

……あの男だ！

ふたりの武士のうちのひとりは、洋之介たちが高橋のそばに斬殺死体を見に行ったとき、現場にあらわれた大柄な武士である。

もうひとりは、初めて見る顔だった。中背で痩せている。ただ、胸が厚く、腰が据わっていた。武芸の修行で鍛えた体のようである。

「岡倉さま、ご用でございましょうか」

洋之介が、小声で訊いた。

「また、いつもの話でな」

岡倉は静かな声で言った。表情はおだやかだったが、洋之介にむけられた双眸《そうぼう》には強いひかりが宿っている。

いつもの話というのは、隠目付にかかわることで来たことを意味していた。江崎藩に、洋之介が乗り出さなければならないような事件が起こったらしい。岡倉が大柄な武士を同行してきたことからみて、高橋の近くで殺されていた武士にかかわることであろう、と洋之介は思った。

「二階の座敷で、お伺いいたしましょう」

そう言ってから、洋之介は後ろにいたおみつに目配せした。二階の客用の座敷を使わせてもらいたいという合図である。

おみつは、すぐにうなずいた。これまでも二階の座敷を使っていたので、おみつは二階に案内するつもりでいたようだ。

四人が二階の座敷に腰を落ち着けるとすぐ、

「それがし、徒組小頭《かちぐみこがしら》、相馬太四郎《そうまたしろう》にござる。お見知りおきくだされ」

と言って、大柄な武士が洋之介に頭を下げた。

「それがしは、先手組《さきてぐみ》、杉浦修蔵《すぎうらしゅうぞう》にござる」

つづいて、中背の武士が言った。

ふたりとも国許にいて、江戸に出て三月ほどだという。

「海野洋之介でござる」

洋之介は、役名を口にしなかった。江崎藩に隠目付という役職はないのである。

「三日前、わが藩の戸川裕助《ゆうすけ》が、深川で斬られたのを知っているかな」

岡倉が切り出した。

「名は知りませんが、海辺大工町で武士が斬られたことは知っております」

洋之介は、現場に行ったことを話さなかった。

「戸川を斬ったのは、滝川泉十郎《せんじゅうろう》という男なのだ」

岡倉が言った。

「家中の者でございますか」

洋之介は、相馬が滝川という名を口にしたのを思い出した。

「そうだ。海野は知るまいが、滝川は山方《やまかた》でな。国許にいて、三十石を喰《は》んでいたのだ」

山方の任務は、藩有林の保全や監査である。

「滝川は、なにゆえ江戸に」

洋之介が訊いた。

山方は城下から離れた山間《やまあい》に居住している者が多く、出府《しゅっぷ》するようなことはないはずである。

「実は、三年ほど前、滝川は郡代《ぐんだい》の近松新兵衛《ちかまつしんべえ》どのを斬り殺して出奔《しゅっぽん》したのだ」

岡倉によると、滝川は郡代がもよおした酒席で酔い、仲間と言い争いになったとき、近松にたしなめられ、逆上して斬殺して逃げたという。

江崎藩の郡代は領内に住む百姓町人を治める役で、代官や山方の者も支配下にあった。

江崎藩では、民政をつかさどる要職である。

「滝川は酒乱の気があるようなのだ」

岡倉がつづけた。

「酒席で、滝川を取り押さえられなかったのでございますか」

洋之介は、何のためか分からなかったが、郡代がもよおした酒席ならすくなくとも代官もくわわっているはずで、かなりの人数がいたはずである。

「それが、取り押さえられなかったのだ。……相馬、おぬしから話してくれ」

岡倉が相馬に目をむけて言った。

「滝川は遣い手でござる。しかも、相手の頭を斬り割る特異な剣を遣う」

相馬がけわしい顔をして言った。

「どのような剣でござる?」

やはり、滝川が久兵衛を斬殺した下手人のようだが、相馬が口にした特異な剣が気になった。

「それがし、まだ、見たことはないが、上段霞《じょうだんかすみ》から飛び込みざま、ただ一太刀にて敵の頭を斬り割るそうでござる」

相馬によると、通常の上段の構えではなく、切っ先を背後にむけて水平に寝せるそうである。そのため、対峙した相手は刀身が反射るわずかな光芒《こうぼう》を目にするだけで、刀身は見えないという。それで、上段霞と称するそうだ。

「うむ……」

どこが特異な剣であろうか。上段霞はいくぶん変わった構えだが、刀法そのものは単純である。

「飛び込むというより、遠間《とおま》から猿のように跳躍するそうだ」

相馬によると、滝川は動きが俊敏で、敵と切っ先を交えて相対するようなことはしないという。

「滝川は何流を修行したのだ」

洋之介が訊いた。

「少年のころ、父親から天童流《てんどうりゅう》の手解《てほど》きを受けたと聞いたが、滝川の遣う剣は己で工夫したもののようだ」

天童流は、江崎藩の領内に伝わっている流派である。天童左馬之助《さまのすけ》なる者が流祖で、城下から離れた山間に道場をひらき、僻村《へきそん》に住む郷士、百姓、猟師の子弟などを指南したという。

「滝川の父、稲蔵《とうぞう》も山方だったので、山間の村に住んでいたようでござる。その際、倅に天童流を指南したらしい。……ところが、稲蔵は滝川が十七、八のころ重い病に罹《かか》り、剣術の指南はやめたようです」

その後、滝川は自分の家の庭や山中に籠《こも》ったりして、独自で剣の修行をつづけた。ときには滝に打たれたり、猿や熊を相手にすることもあったらしいという。

「そうした修行で会得したのが、頭を斬り割る剣か」

洋之介が訊いた。

「いかさま。領内で滝川を知る者は、霞斬りと呼んで恐れていたようです」

「霞斬り……」

おそらく、上段霞の構えからきた剣名であろう。

「滝川が近松さまを斬ったおり、その場に居合わせた者たちが取り押さえようとして、包囲した。ところが、滝川は霞斬りの剣をふるい家臣三人を斬殺し、四人に傷を負わせて逃走したのだ」

その後、滝川は領内から姿を消し、行方が知れなくなったという。

相馬がそこまで話して口をつぐむと、岡倉が後をとって話をつづけた。

「ところが、半年ほど前、江戸で辻斬りに頭を斬り割られた者がいるとの噂を耳にしたのだ。目付筋の者に調べさせると、その斬り口からみて、下手人は滝川ではないかと思われた」

岡倉は、ただちに国許に使いをやり、滝川が江戸に潜伏しているらしい旨を知らせたという。

「それで、殿から上意討《じょういう》ちの沙汰《さた》があり、ここにいる相馬、杉浦、それに斬殺された戸川が出府《しゅっぷ》したのだ」

「上意討ちでござるか」

洋之介が聞き返した。

「そうだ。……戸川は、殺された近松どのの甥《おい》でな。自ら志願して、江戸へ出たのだ」

相馬と杉浦は、国許にいる家臣のなかから遣い手として選ばれたという。ふたりは城下にある一刀流の道場で修行したそうだ。

「残念なことに、戸川は滝川に返り討ちに遭ったようだ。……戸川は滝川と思われる辻斬りが深川に出没するとの噂を耳にし、探っていたようだ。戸川はたまたま斬殺された場で滝川と出会ったのかもしれん」

岡倉は無念そうに顔をしかめた。

岡倉が口をつぐんで膝先に視線を落とすと、次に口をひらく者がなく、座は重苦しい沈黙につつまれた。

すると、岡倉が洋之介に顔をむけ、

「相馬と杉浦に助勢し、滝川を討ち取ってもらいたい」

と、重い声で言った。

いっとき、洋之介は視線を虚空《こくう》にとめて黙考していたが、

「承知しました」

と、答えた。どうせ、久兵衛の敵を討つため滝川を斬るつもりでいたのである。

「かたじけのうござる」

相馬が言い、杉浦とともに洋之介に頭を下げた。

それから、いっときして岡倉たちは腰を上げた。帰りがけに、岡倉は洋之介に身を寄せ、

「これは、手当てだ」

と耳打ちして、袱紗包みを洋之介のたもとに落とした。

岡倉は、洋之介に隠日付の仕事を指示するとき、きまって相応の金を手渡した。洋之介は江崎藩から隠目付としての扶持を得ていなかったので、その都度、岡倉が報酬として渡していたのである。

7

深川相川町。永代橋より下流の大川沿いにひろがる町である。

暮れ六ツ（午後六時）の鐘が鳴って、小半刻（三十分）ほど過ぎていた。町筋は濃い暮色に染まっている。

通り沿いの表店は店仕舞いし、ひっそりと夕闇のなかに沈んでいた。大川の流れの音と、川風が岸辺の柳の枝を揺らす音だけが聞こえている。

通りには、ぽつぽつと人影があった。居残りで仕事をした出職の職人や仕事帰りに一杯ひっかけたらしい男などが通り過ぎていく。

太い柳の樹陰に、人影があった。総髪《そうはつ》の牢人である。闇に溶ける羊羹色《ようかんいろ》の小袖に黒袴で、大刀《だいとう》を一本落とし差しにしていた。

牢人は中背で、胸が厚く首が太かった。腰も据わっている。武芸の修行で鍛えた体であることが、着物の上からも見てとれた。

面長で頤《おとがい》が張り、鼻が高かった。蛇《くちなわ》を思わせるような細い目が、夕闇のなかでうすくひかっている。

牢人は滝川泉十郎だった。その場に身を隠し、金を持っていそうな男が通りかかるのを待っていたのだ。

大工らしいふたり連れが、何やら話しながら滝川の前を通りかかった。

滝川は動かなかった。ふたりの大工を斬っても金にならないと踏んだからである。それから、小半刻ほどの間に仕事帰りの男が何人か通りかかったが、滝川は樹陰から出ようとしなかった。

さらにいっとき過ぎ。通りの先に提灯《ちょうちん》の灯《ひ》が見えた。

……あいつにするか。

滝川が胸の内でつぶやいた。

半町ほど先であろうか。提灯の灯のなかに、ぼんやりと羽織姿の町人が浮かび上がっていた。下男らしき男が提灯を持っている。

主従《しゅじゅう》らしいふたりは、こちらに歩いてきた。提灯の灯に浮かび上がった男は羽織に小袖姿で、恰幅《かっぷく》がよかった。商家の旦那ふうである。手代か丁稚にでも提灯を持たせ、商談のために川沿いにある料理屋か船宿にでも飲みに行くところらしい。

ふたりが、十間《じっけん》ほどに近付いたとき、滝川が足早に柳の陰から通りに出た。

旦那ふうの男が滝川の姿を見て、ギョッとしたように立ち竦《すく》んだ。手代らしい男の手にした提灯が震え、その顔の陰影を激しく揺らした。

「ど、どなたさまで……」

旦那ふうの男が、声を震わせて訊いた。

滝川は無言で、歩を寄せてきた。左手で刀の鯉口《こいぐち》を切り、右手を柄《つか》に添えている。すこし前屈《まえかが》みで近付いてくる滝川の身辺に、獲物に迫る獣のような気配があった。

旦那ふうの男との間合が五間ほどにつまったとき、いきなり滝川が刀を抜いた。

キラリ、と灯の色に刀身がひかった。提灯の灯を反射《はね》たのである。

ワアッ、手代らしき男が、喉のつまったような悲鳴を上げて後じさった。提灯が大きく揺れ、浮かび上がった旦那ふうの男の姿を掻《か》き乱し、ひかりと影とに刻んだ。

キエエッ!

突如、滝川が猿のような声を発し、上段に振りかぶった。

次の瞬間、その姿が夜陰に消えた。滝川が、高く跳躍したのである。

上段に構えた刀身が、虚空で流星のようにひかった。その瞬間、旦那ふうの男は頭上で刃唸《はうな》りの音を聞いたような気がした。

にぶい骨音がし、男の額が割れて血と脳漿《のうしょう》が飛び散った。

男の意識はそこまでしかなかった。

男は血を夜陰のなかに撒《ま》き散らしながら、沈み込むように倒れた。悲鳴も呻《うめ》き声も上げなかった。地面を打つ流血の音が聞こえるだけである。

そのとき、ヒイッという悲鳴を上げ、手代らしい男が手にした提灯を足元に落とした。

ボッ、と提灯が燃え上がった。

炎が手代らしき男を照らし出した。その顔が恐怖で般若《はんにゃ》のようにゆがんでいる。

滝川はさらに跳躍した。

刀身が炎を映じて鴇《とき》色の閃光を放った瞬間、にぶい骨音がして、男の頭頂から額にかけて割れ、血と脳漿《のうしょう》が飛び散った。

男は、柘榴《ざくろ》のように割れた額から血を噴出させながら転倒した。やはり、悲鳴も呻き声も聞こえなかった。

提灯の炎が、しぼむように消えていく。

濃い闇が幕を下ろすように辺りをつつみ、倒れているふたりの男を呑み込んでいった。

……たあいもない。

滝川は唇の端に薄笑いを浮かべてつぶやいた。

炎が消え、夜陰のなかに立った滝川は、刀に血振《ちぶ》り（刀身を振って血を切る）をくれて納刀すると、ゆっくりと倒れている旦那ふうの男のそばに歩を寄せた。

滝川が男のそばに屈み込み、懐から財布を抜き取ったときだった。背後に近付いてくる人の気配を感じた。

「何者だ！」

滝川は立ち上がった。

夜陰のなかに男がひとり立っていた。十間ほど距離があろうか。

男は四十代半ばらしかった。小袖に角帯、唐桟《とうざん》と思われる羽織姿だった。恰幅のいい商家の旦那ふうの男である。

「てまえは、仁右衛門《にえもん》ともうします」

男は口元に笑みを浮かべて言った。ただ、滝川にむけられた目は笑っていなかった。夜陰のなかで、大きな目が底びかりしている。

「町人、おれに何か用か」

滝川は、刀の柄に右手を添えて仁右衛門に近付いた。この場で、斬ろうと思ったのである。

「旦那、そこで足をとめておくんなさい」

仁右衛門が低い声で言った。どすの利いた声である。

「うむ……」

滝川は足をとめた。

何者であろうか。仁右衛門と名乗った男が、逃げずにわざわざ近付いてきたのは間違いなかった。ただの町人なら、当然逃げるだろう。それに、町方でもない。

「懐から抜いた財布に、いかほど入ってました。十両ですかな。それとも、二十両」

仁右衛門の口元に、また笑みが浮いた。

「十両ほどかな」

滝川は財布のなかを覗いて言った。

「ふたり斬って、たったの十両ですか。……むくわれない稼ぎですな」

「どういうことだ」

「あなたさまの腕で、ひとり斬れば百両にも二百両にもなるんですがね」

仁右衛門が、声をひそめて言った。

「仁右衛門とかいったな。おまえ、何者なのだ」

「料理屋のあるじですよ。もっとも、店は情婦《おんな》にやらせてますんで、隠居といった方がいいでしょうな。……旦那、歩きながら話しましょうかね。通りかかった者が、不審に思うかもしれません」

そう言って、仁右衛門はゆっくりと歩きだした。ただ、通りの端に身を寄せ、滝川との間《ま》はとったままである。

「ひとり斬れば百両にはなると言ったが、どういうことだ」

滝川も歩きだした。

「殺しですよ」

仁右衛門が、世間話でもするような口調で言った。

「暗殺か」

「まァ、そうです」

「そんな仕事があるのか」

「江戸はひろうございましてね。百両はおろか千両積んでも、殺したいと思っている者がおるんですよ」

「うむ……」

「それに、川岸に立って、獲物が近付くのを待つような手間をかけることもございませんでね。もし、お侍さまが引き受けてくだされば、お膳立ては、こちらでやりますよ」

そう言って、仁右衛門はすこし滝川に近付いた。滝川が刀をふるうようなことはないと踏んだのであろう。

「おもしろい」

滝川は、仁右衛門の話に乗ってもいいと思った。町方に訴えるような男でないことは確かだし、面倒なことになりそうなら仁右衛門を始末してしまえばいいのである。

「お侍さま、なんとお呼びすればよろしいでしょうか」

仁右衛門が訊いた。

「滝川泉十郎だ」

滝川には、本名を知られたくない気持ちもあったが、この男なら名乗ってもかまわないと思った。

「では、滝川さま、お近付きのしるしに一献《いっこん》差し上げたいのですが、いかがですかな」

仁右衛門が、さらに滝川に近付いた。

「よかろう」

滝川は、喉が渇いていた。それに、人を斬った後は不思議と無性に酒が飲みたくなるのだ。

第二章　殺し屋

1

深川黒江町に鶴亀横町《つるかめよこちょう》と呼ばれる路地があった。富ケ岡八幡宮《とみがおかはちまんぐう》の表通りから脇に入った裏路地である。路地沿いに、小体な一膳めし屋、そば屋、小料理屋、二階や奥で女を抱かせる飲み屋などがごてごてと軒を連ねていた。

鶴亀横町と呼ばれるようになったのは、路地を入ってすぐの場所に鶴屋という料理屋と亀屋という飲み屋が軒を並べていたからだという。

鶴亀横町は、賑わっていた。八幡宮が近いせいもあり、参詣客、遊山客、安価で女を抱きたい遊客《ゆうかく》などがぞろぞろと歩いている。

洋之介は鶴亀横町を歩き、店先に赤提灯をつるした飲み屋の前に立った。赤提灯に大きな字で、さけ、と書いてあるだけで屋号も記してなかった。この店は、樽八《たるはち》という飲み屋だった。

樽八は、疾風の甚八がおときという情婦《いろ》にやらせている店である。甚八も、ふだんは店の板場で手伝っているはずだった。洋之介は甚八に会いに来たのだ。

八ツ（午後二時）ごろである。店先に縄暖簾《のれん》は出ていたが、まだ客はいないらしく店のなかはひっそりとしていた。

洋之介は戸口の引き戸をあけた。

なかは薄暗かった。土間に並んだ飯台に、客の姿はなかった。ただ、奥の板場で水を使う音と女のくぐもったような声が聞こえた。おときがいるようである。

「だれかいないか」

洋之介が、奥の板場に声をかけた。

板場といっても、土間の奥の一角を戸板で仕切り、流し場を設けただけの場所である。

「いま行きます」

奥で女の声がし、すぐに大年増が顔を出した。おときである。

「旦那、いらっしゃい」

おときは、洋之介を見て笑みを浮かべた。おときはでっぷり太っていたが、色白でふっくらした頬やすこし受け口の唇などには色気があった。

「甚八はいるかな」

まだ、奥の板場で水を使う音がしたので、いるはずである。

「いますよ。すぐ、寄越しますから」

そう言い残し、おときは奥へひっ込んだ。

いっときすると、肌の浅黒い小柄な男が姿を見せた。甚八である。板場で洗い物でもしていたらしく襷《たすき》がけで、前だれをかけていた。その襷をはずしながら、洋之介に近付いてきた。

「旦那、何かご用ですかい」

甚八は、上目遣いに洋之介を見ながら訊いた。

「まだ早いが、一杯もらうかな」

洋之介は立ったまま言った。

「奥の座敷ですかい」

「そうだ」

洋之介が、ちいさくうなずいた。そのやり取りで、探索を依頼にきたことが甚八に伝わったはずである。洋之介は、甚八に探索を頼むとき、奥の座敷で一杯飲みながら話すことにしていたのである。

「おとき、旦那は奥だそうだ」

甚八は、板場にいるおときに声をかけてから、洋之介を奥の座敷に案内した。

奥の座敷といっても、ふだん甚八とおときが居間に使っている狭い部屋で、馴染みの客だけ入れることがあったのだ。

「甚八、頼みがある」

洋之介は座敷に腰を落ち着けると、すぐに切り出した。

「仕事ですかい」

甚八が小声で訊いた。

「そうだ」

甚八は、仲間内から疾風の甚八と呼ばれていた独り働きの盗人《ぬすっと》だった。家屋敷に忍び込む名人で、しかも逃げ足の迅《はや》いことから疾風の異名があったのである。

その甚八が、あわや町方に捕らえられそうになったことがあった。盗人仲間の密告である。仲間たちが甚八を持てはやすことを妬んだ盗人のひとりが、甚八の隠れ家を町方に知らせたのだ。

甚八は捕方に隠れ家を取りかこまれたが、持ち前の身軽さと敏捷さで塀や屋根を伝って包囲から逃れた。だが、執拗《しつよう》に後を追う捕方に、さしもの甚八も袋小路に追いつめられてしまった。

……これまでか。

と、甚八が覚悟を決めたとき、ちょうど通りかかった洋之介が、

「その男なら、向こうへ逃げた」

と、捕方に別の路地を教えて甚八を助けたのである。

そのとき、洋之介は甚八の逃げる様子を見て、盗人の腕を隠目付の密偵として生かそうと思ったのだ。

その後、甚八は密告した盗人を始末し、足を洗って洋之介の密偵になったのである。

「話してくだせえ」

甚八が言った。

「ちかごろ、大川端で頭を斬り割る辻斬りが出るのだが、噂を聞いているか」

「へい」

「信濃屋の久兵衛が、殺されたことは？」

「それも、耳にしていやす。たしか、旦那の釣り仲間だったはずで」

「よく知ってるな」

「舟政で、顔を合わせたことがありやすんで。……信濃屋が殺《や》られたんで、旦那が乗り出すわけじゃァねえんでしょう」

甚八が怪訝《けげん》な顔をした。洋之介は江崎藩の隠目付で、これまで江崎藩の依頼で動いてきたからである。

「むろん、藩からの依頼もある」

洋之介は、大目付の岡倉から命じられたことを話した。甚八は岡倉のことも知っていたのだ。

そのとき、おときが酒と肴を運んできた。肴は煮染《にしめ》と漬物である。

「旦那、喉を湿らしてくだせえ」

甚八が銚子を取って、洋之介の猪口に酒をついでくれた。

「おまえも、一杯やってくれ」

洋之介も、甚八に酒をついでやった。

甚八が猪口の酒を飲み干すのを見てから、

「下手人の見当もついているのだ」

洋之介が、あらためて切り出した。

「…………」

甚八は洋之介に目をむけた。

「名は、滝川泉十郎。江崎藩の国許で、近松新兵衛という郡代を斬って江戸へ逃げてきた男だ」

洋之介は、滝川が出奔した経緯をかいつまんで話し、

「江崎藩の追っ手が、国許からも江戸へ来ている」

と、言い添えた。

「てえことは、旦那は助太刀ってえことですかい」

甚八が訊いた。

「まァ、そうだ」

「それで、あっしは何をすればいいんで？」

甚八の顔が曇った。あまり乗り気ではないようだ。追っ手の助太刀と聞いたからであろう。

「滝川の居所を捜してもらいたい」

「へえ」

甚八は気のない返事をした。

「甚八、滝川はそこらの徒牢人《いたずらろうにん》とはちがうぞ。頭を一太刀で斬り割る剣を遣う手練《てだれ》だ。

町方も二の足を踏んで、本腰を入れて捜さないそうだ。……すでに、岡っ引きがひとり、江崎藩の追っ手がひとり、滝川に斬られている」

洋之介がけわしい顔で言った。

「……」

甚八の顔がひきしまってきた。

「気を抜くと、おれたちも返り討ちに遭う」

「へい」

「やってくれるか」

洋之介が低い声で言った。

「承知しやした」

甚八がうなずいた。腕利きの密偵らしい鋭い目になっている。

「些少だが、手当てだ」

洋之介は懐から財布を取り出し、十両だけ甚八の膝先に置いた。仕事を頼む都度、甚八にも相応の手当てを渡していたのである。

「いただきやす」

甚八は十両を手にして、たもとに落とした。

2

閉ざされた座敷に、莨《たばこ》の煙と男たちの温気が充満していた。部屋の四隅に置かれた百《ひゃく》目蠟燭《めろうそく》の火が、集まった男たちの血走った目を浮かび上がらせている。

そこは、仁右衛門の賭場だった。もっとも、芝蔵《しばぞう》という代貸が賭場を仕切り、仁右衛門はほとんど顔を見せなかったので、仁右衛門の名すら知らない客も多かった。

座敷のなかほどに置かれた盆茣蓙《ぼんござ》のまわりに、四十人ほどの客が集まっていた。客たちは、職人、小店《こだな》の旦那ふうの男、大工、船頭、遊び人、牢人……。様々な身分の男たちである。

「半方《はんかた》、ないか。半方ないか。半方、半方……」

盆茣蓙のなかほどに座した宰領役の中盆《なかぼん》が声を上げ、半方に座った男たちに駒を張るようながしている。中盆は、政五郎《まさごろう》という三十がらみの男だった。

半丁博奕《ばくち》は、半方と丁方《ちょうかた》に分かれて座り、半方の張り子は半に、丁方は丁に張ることになる。そして、半と丁の賭金が同額にならなければ、勝負ができないのだ。

政五郎は半方の賭金がすくないので、同額になるよう半方に賭けるようながしているのである。

「さア、さア、半方、張った、張った」

政五郎の声が昂《たかぶ》ってくる。

静まり返った賭場に政五郎の声がひびき、熱気と緊張が高まってくる。

政五郎の声にうながされて、何人かの半方の客が駒を張った。

「半丁。駒、揃いました」

政五郎が声をかけると、対面に座っていた壺振《つぼふ》りが壺に賽《さい》を投げ入れ、壺を振って盆茣蓙に伏せた。頬のこけた目の鋭い男である。片肌脱ぎの背から般若の入れ墨が覗いていた。

盆茣蓙のまわりに座している客たちの動きがとまり、息を呑んで壺に視線を集めている。

「勝負！」

壺振りが、壺を上げた。

「二《に》、六《ろく》の丁！」

壺振りの声と同時に、賭場がどよめいた。張りつめていた緊張が一気に解け、丁方の張り子たちから弾けるような声と笑い声が起こった。一方、半方の張り子からは悔しそうな声と溜め息が洩れた。

「おのれ！　また、負けた」

半方に座っていた牢人が、怒鳴り声を上げた。

髭面が怒張したように赭《あか》黒く染まり、目がつり上がっている。負けがつづいて、正気を失っているようだ。


このとき、賭場の隣の座敷で滝川が、客に出す振るまい酒を飲んでいた。代貸の芝蔵は長火鉢を前にして座り、莨を吸っている。

滝川は仁右衛門に、気晴らしに遊んできたらどうです、と勧められ、賭場に遊びに来ていたのだ。

滝川は盆茣蓙に座り、一刻（二時間）ほど勝負にくわわっていたが、博奕に飽きて芝蔵を相手に酒を飲んでいたのである。

芝蔵は四十がらみ、面長で浅黒い肌をしていた。眼光がするどく、剽悍そうな面構えをしている。芝蔵は、仁右衛門の右腕だった。

滝川が酒を飲み始めて小半刻（三十分）ほどしたとき、

「いかさまだ！」

と、怒声が上がり、髭面の牢人が立ち上がった。

巨漢だった。その体が、怒りと興奮で顫《ふる》えている。博奕に負けつづけて、逆上したようだ。

「旦那、お静かに」

政五郎が、低い声で言った。

声は穏やかだったが、するどい双眸が睨むように牢人を見すえている。相手は牢人でも、すこしも動じた様子はなかった。

「大声を出されては、他の客の迷惑だ」

「な、なに！」

牢人は一声を上げると、後ろに置いてあった大刀をひっつかんだ。

「旦那、だんびらはいけねえ」

政五郎が、たしなめるように言った。

「こ、この賭場は、いかさまをしておる！　盆茣蓙の裏にでも潜んでいて、賽を動かしているのであろう」

牢人が声を震わせ、刀の柄を握りしめた。

その場に居合わせた客たちがどよめき、牢人の近くにいた者たちは慌てて左右にいざった。

「旦那、隣の座敷で一杯やって、気を鎮めたらどうです。勝負のつづきは、その後にすれ

だ。

政五郎が腰を浮かせた。さすがに、ここで牢人に刀を抜かせるのはまずいと思ったよう
ばいい」

「そうはいかん!」

言いざま、牢人が刀を抜きはなった。

ワアッ、という叫び声が上がり、賭場の客たちがいっせいに盆茣蓙から離れた。政五郎
と壺振りも、顔をこわばらせて身を引いた。

牢人は怒りに身を顫わせ、手にした刀を振り上げたまま盆茣蓙の前につっ立った。刀身
が、百目蠟燭の火を映して血塗《ちぬ》れたようにひかっている。

「待て!」

そのとき、滝川が声をかけた。

「なんだ、きさまは!」

牢人は、血走った目で滝川を睨みつけた。

「おぬしに、話がある」

滝川は脇に置いてあった大刀を手にして立ち上がった。

「おれは、話などないぞ」

牢人が吐き捨てるように言った。

「そう言うな。悪いようにはせん」

滝川の声はおだやかだった。口元には、笑みが浮いている。

「………」

牢人は振り上げた刀を下ろした。

牢人の顔が、いくぶんやわらいだ。逆上してはいたが、頭の隅に、ここで大立ちまわりをするわけにはいかないとの思いがあったのだろう。

「おぬしの気の済むようにするつもりだ。外へ出てくれ」

滝川はそう言って、座敷から戸口の方へむかった。

「いいだろう」

牢人は刀を鞘《さや》に納め、ふて腐れたように顔をしかめて、滝川の後についていった。すこし間を置いて、賭場にいた仁右衛門の子分たちが三人、外へ出た。

屋外は満天の星だった。風のない静かな夜である。頭上で、十六夜《いざよい》の月が皓々《こうこう》とかがやいている。

賭場は深川堀川町、油堀《あぶらぼり》と呼ばれる掘割沿いにあった。板塀をめぐらせた妾宅《しょうたく》ふうの仕舞屋《しもたや》で、両隣が空き地だった。雑草と笹藪におおわれている。

十数年前、仁右衛門が隣家のない場所を選んで妾を住まわせるために建てた家だった。その後、妾が死んだので賭場をひらき、右腕の芝蔵に代貸をまかせていたのである。

通りに人影はなかった。すこし離れた通り沿いに小店や表長屋などがあったが、いまは夜の帳《とばり》につつまれている。

「おい、どこまで行くのだ」

牢人が滝川に声をかけた。

滝川たちは、賭場になっている仕舞屋から半町ほど離れた場所まで来ていた。

「ここらでいいか」

滝川が足をとめて振り返った。

「おぬし、おれの気の済むようにすると言ったな」

牢人が薄笑いを浮かべて言った。牢人は、滝川が袖の下でも渡すと思っているのかもしれない。

「おまえに、これをくれてやる」

言いざま、滝川が刀を抜いた。

「だ、騙したな!」

牢人は後ろに跳びざま、刀に手をかけた。

「騙し討ちにはせん。抜け！」

「おのれ！」

牢人が怒りに目をつり上げて抜刀した。

「名だけでも聞いておいてやろう。おぬしの名は？」

滝川は、刀をひっ提《さ》げたままゆったりと立っている。

ゆっくりとした動作で上段に構えた。刀身が月光を映じて銀色の弧を描いた。

「は、長谷部辰之助《はせべたつのすけ》だ」

長谷部は切っ先を滝川にむけた。

構えは青眼《せいがん》だが、体が興奮と恐怖で顫えているらしく、切っ先が笑うように揺れている。

「おれは、滝川泉十郎。冥途《めいど》の土産に、霞斬りの太刀を見せてくれよう」

滝川は上段に構えた刀の切っ先を背後にむけて刀身を寝せた。月光を反射《はね》た刀身が、淡い光芒をはなっている。上段霞である。

「な、なに……」

長谷部の顔がこわばった。あるいは、頭を割る辻斬りの噂を耳にしていて、滝川とつなげたのかもしれない。

「行くぞ」

滝川が全身に気勢を込めた。

「ま、待て！」

長谷部が声を上げて、後じさった。

「刀を引け。おれは、このままおとなしく帰る」

「おれは、このまま帰すつもりはない」

滝川が摺《す》り足で、間合をつめ始めた。

ふたりの間合は、四間ほどだった。まだ、前に踏み込んでも切っ先のとどかない遠間である。

「よ、よせ……」

長谷部の顔が恐怖にゆがみ、腰が浮いた。

と、滝川が疾走《しっそう》した。咄嗟《とっさ》の動きだった。獲物に飛びかかる野獣のようである。

長谷部が逃げようと、きびすを返そうとしたときだった。

キエッ！

滝川が猿のような声を発し、跳躍した。

体が前に飛び、閃光が夜陰《やいん》を切り裂いた。

高く飛び込みざま、真っ向へ。

迅い！

一瞬の稲妻のようだった。

長谷部が刀身を上げて受ける間もなかった。

にぶい骨音がし、長谷部の頭頂が割れて、血と脳漿が夜陰のなかに飛び散った。

長谷部の巨体が揺れ、闇のなかに沈み込むように倒れた。

路傍の叢《くさむら》に横たわった長谷部は、ピクリとも動かなかった。頭の傷口から流れ出る血が、叢を揺らしている。

滝川は、薄笑いを浮かべながら横たわった長谷部のたもとで刀の血を拭《ぬぐ》った。そして、立ち上がって納刀した。

「旦那ァ」

賭場にいた仁右衛門の子分が三人、駆け寄ってきた。

「すげえや！」

まだ、十七、八歳と思われる若い男が目を剝《む》いた。

「まったくだ。まるで、天狗のようだったぜ」

別の子分が、興奮した声で言った。

三人の子分は、滝川が長谷部を斬るのを見ていたようである。

「おい、この男を堀にでも捨てておけ」

「へい」

「おれは、賭場にもどって飲みなおす」

滝川は懐手をすると、何事もなかったように賭場へむかって歩きだした。

3

「ひでえ顔してやがる」

三十がらみの船頭が、怖気《おぞけ》をふるうように声を震わせて言った。

巨体の牢人の死骸《おろく》が、桟橋に揚げられていた。滝川に斬られた長谷部である。長谷部の顔は、目をそむけたくなるほど凄惨だった。頭が割られ、ひらいた傷口から頭骨が覗いている。片方の眼球が飛び出し、口をあんぐりあけていた。その大口から、まるで噛み付こうとでもしているかのように歯が剝き出しになっている。

……下手人は滝川かもしれねえ。

甚八がつぶやいた。

そこは深川東永代町だった。堀川町の隣町である。甚八は、油堀にかかる千鳥橋の近くにある桟橋の上にいた。

今朝、甚八は顔見知りのぼてふりから、頭を割られた死骸が千鳥橋近くの桟橋で揚がりやしたぜ、と聞いて足を運んできたのである。

陽はだいぶ高くなっていた。五ツ半（午前九時）ごろであろうか。桟橋には、男たちが十数人集まっていた。船頭、店者らしい男、通りすがりの野次馬、それに深川を縄張りにしている岡っ引きの宗造の姿もあった。

「下手人は、辻斬りだぜ」

宗造が、脇にいた下っ引きらしい若い男に小声で言った。

甚八は宗造のそばに立っていたので、その声がはっきりと聞き取れた。

「親分、鉢割りのやろうですかい」

下っ引きが、目を剝いて訊いた。

「まちげえねえ」

「この牢人の懐を狙って、バッサリってえことか」

「梅六《うめろく》、おめえ、死骸《おろく》を知らねえのか」

「へえ」

梅六と呼ばれた下っ引きが首をすくめた。

「こいつは長谷部ってえ、ごろんぼう（無頼漢）だ。図体はでけえが、金など持っちゃァいねえよ」

「………」

「下手人はここで長谷部と鉢合わせして、肩でも触れたんじゃァねえかな。……それで、言い合いになり、長谷部が斬られちまったとみるがな」

宗造がもっともらしい顔をして言った。

「親分、まちげえねえ。……鉢割りのやろうは長谷部を斬った後で、死骸を油堀に突き落としたんだ」

梅六が言った。

……ちがうな。

と、甚八はつぶやいた。

長谷部の片頬に引きずられたような擦り傷があった。長谷部は、斬殺された場所から運ばれて油堀に投棄されたとみていい。ただ、頬の傷跡はわずかなので、長い距離を運ばれたのではないだろう。何人かで運ぶ途中、何かの拍子に顔の部分が地面に落ちて引きずられたのかもしれない。

甚八は油堀沿いに目をやった。死体を投げ込んだ場所を探したのである。

……橋の上かもしれねえ。

すぐ近くに千鳥橋がかかっていた。死体は橋の上から投げ捨てられ、橋脚か岸辺の杭にでもひっかかっていたのかもしれない。ほとんど流れがないので、桟橋の近くをただよっていたとも考えられる。

甚八は桟橋を離れ、千鳥橋へ行ってみた。

……ここだ！

橋の欄干《らんかん》に、どす黒い血の痕があった。死体は、ここから投げ捨てられたのである。

橋に敷かれた板の上にも黒い筋状の血痕《けっこん》が残っていた。甚八は血痕をたどった。堀川町の方へつづいている。

千鳥橋のたもとから血痕は、堀沿いの道へ伸びていた。いっとき歩くと、黒い血が地面や叢に飛び散っている場所があった。付近の雑草も踏み倒されている。

……殺《や》られたのはここだ。

と、甚八はみてとった。

だが、近くに家はなかった。すこし離れた場所に小体な店や表長屋などがあったが、滝川や長谷部がかかわっているような店はないようだ。

宗造が口にしていたとおり、滝川と長谷部は通りすがりにここで出合ったのかもしれない。

甚八は念のため近くの小店に立ち寄って話を訊いてみたが、無駄骨に終わった。滝川と長谷部のことはむろんのこと、昨夜、この近くで斬り合いがあったことすら知る者はいなかったのだ。

……ともかく、旦那の耳にだけは入れておくか。

そう思い、甚八は今川町に足をむけた。

洋之介は舟政にいた。戸口に出てきた洋之介は、甚八の顔を見ると、

「何か知れたのか？」

と、訊いた。洋之介は甚八が何か知らせることがあって来たと思ったのだ。

「また、ひとり殺《や》られやしたぜ」

甚八が小声で言った。

「歩きながら話すか」

洋之介は、甚八を仙台堀沿いの道へ連れ出した。

堀沿いの道を大川の方へむかって歩きながら、

「滝川か」

と、洋之介が切り出した。

「へい、今朝、油堀で、滝川に斬られた死骸《おろく》が揚がりやした」

甚八は、殺された牢人の頭が斬り割られていたことを話し、

「殺られたのは、長谷部という鼻摘《はなつま》み者の牢人でさァ」

と、言い添えた。

「滝川は長谷部という男の懐を狙ったのか」

洋之介が訊いた。

「そんなはずはねえ。……長谷部は図体はでけえが、銭は持っちゃァいねえ。それに、長谷部を橋の上まで運んだ跡がありやした」

甚八は血痕をたどって、長谷部が斬られた現場をつきとめたことを話した。

「長谷部は大兵《だいひょう》だと言ったな」

「へい」

「すると、ひとりで長谷部を運んだのではないな」

「何人かで運んだはずでさァ」

「うむ……」

これまでの殺しとちがう、と洋之介は思った。滝川は長谷部の懐を狙って斬ったのでは

ないようだし、仲間が何人かいたようなのだ。

「長谷部はどんな男だ」

洋之介が訊いた。

「鼻摘み者の貧乏牢人のようで」

「江崎藩とかかわりはないようだが……。いずれにしろ、長谷部が斬られたわけを知りたいな」

洋之介は、滝川と長谷部のかかわりが分かれば、滝川がどこに身をひそめているのかも分かるような気がしたのだ。

「あっしが、探ってみやしょう」

甚八が声を低くして言った。

4

風のないおだやかな晴天だった。秋の陽射しが町筋を照らしている。

甚八は、深川黒江町を歩いていた。富ケ岡八幡宮の門前通りで、大変な賑《にぎ》わいを見せていた。大勢の参詣客や遊山客が行き交っている。

甚八は掘割にかかる八幡橋の手前を右手に折れた。そこは狭い路地で、小体な店や表長屋などが、ごてごてとつづいていた。

樽八も同じ町内にあったので、甚八はこの辺りの路地を何度か歩いたことがあった。ただ、同じ町内といっても黒江町はひろかったので、あまり足を踏み入れたことのない路地もある。

「この長屋だったな」

甚八は下駄屋の脇にある路地木戸の前で足をとめた。木戸の先が、庄兵衛店《しょうべえだな》という棟割《むねわり》長屋である。

甚八は長屋に住む竹次郎《たけじろう》という男に会いに来たのだ。竹次郎は樽八の常連客で、飲んだときに、長谷部のことを話していたのを思い出したのである。まず、竹次郎に長谷部のことを訊いてみようと思ったのだ。

路地木戸を入ると、井戸端で長屋の女房らしい女がふたり、盥《たらい》を前にして洗濯をしていた。ふたりの女は夢中でおしゃべりをしている。

「すまねえ、竹次郎の家はどこだい」

甚八は、盥に両手をつっ込んだままおしゃべりをしている三十がらみと思われる女に声をかけた。

「おまえさん、だれだい」

女は甚八を見上げて不審そうな顔をした。よそ者の甚八を警戒したのかもしれない。

「甚助《じんすけ》ってえ者《もん》だ。竹次郎の飲み仲間よ」

甚八は偽名を口にし、照れたような顔をして言った。

「竹次郎の家なら、向かいの棟の奥だよ」

女がつっけんどんに言った。もうひとりの若い女は、盥に目をむけたまま何も言わなかった。呼び捨てにしたところをみると、竹次郎は長屋の住人に嫌われているようだ。

「竹次郎はいるかい」

甚八が訊いた。

竹次郎は日傭取《ひようと》りだった。銭があるときは、働きに出ず長屋でごろごろしていると聞いていた。

「いるようだよ。……いい天気なのに、働きにも行かないんだからね」

そう言って、女は苦々しい顔をした。若い女も、顔をしかめている。

「邪魔したな」

そう言い置いて、甚八はその場を離れた。

竹次郎の家はすぐに分かった。腰高障子の破れ目から覗くと、竹次郎が上がり框《がまち》のそばに胡座をかき、貧乏徳利の酒を手酌で飲んでいた。働きに出ず、朝から酒を飲んでいるところを見ると、懐に余裕があるのかもしれない。

「ごめんよ」

甚八は声をかけてから腰高障子をあけた。

「なんでえ、樽八の親爺かい」

竹次郎が、湯飲みを手にしたまま言った。だいぶ飲んだと見え、顔が熟柿のように染まっている。

「朝から酒かい。いい身分じゃァねえか」

甚八は上がり框に腰を下ろした。

「親爺も、一杯やるかい」

竹次郎は立ち上がり、足元をふらつかせて土間の隅の流し場から湯飲みを手にしてもどってきた。

どかり、と竹次郎は甚八の脇に腰を落とし、

「さァ、やってくれ」

と言って、湯飲みを甚八の脇に置いて酒をついだ。竹次郎は怠け者で、だらしないが、気のいい男である。

「ちょいと、訊きてえことがあってな」

甚八は、湯飲みの酒を一口飲んでから、切り出した。

「なにが、訊きてえ」

「おめえ、長谷部ってえ牢人が斬られたのを知ってるか」

甚八が声を落として訊いた。

「長谷部だと……」

「図体のでけえ牢人だ」

「ああ、うどの大木か」

竹次郎が、口元に揶揄《やゆ》するような笑いを浮かべた。

「その長谷部の旦那が、千鳥橋のそばで頭を斬り割られて御陀仏《おだぶつ》よ」

「へえ……。うどの大木がな」

竹次郎の口元から笑いが消え、顔がいくぶんこわばった。頭を斬り割られたと聞いて、悲惨な死顔を思い浮かべたのかもしれない。

「三日前だが、長谷部の旦那が、ひょっこりうちの店に来てな。一杯《いっぺえ》飲んでったのよ」

嘘だった。甚八は、竹次郎から話を聞き出すために適当な作り話を口にしたのである。

「長谷部の旦那は、樽八にも来てたのかい」

竹次郎が訊いた。

「半年ほど前《めえ》に、一度来ただけだがな。どういう風の吹きまわしか、三日前にひょっこり店に姿を見せたのよ。それだけならかまわねえんだが、昨日《きのう》な、千鳥橋近くの桟橋で、長谷部の旦那のひでえ死顔《しにがお》を見ちまってな」

甚八が顔をしかめて言うと、

「そ、そうけえ」

竹次郎も、同じように顔をしかめた。

「それでな、線香だけでも上げてえと思ってな」

「……………」

竹次郎が甚八を見つめて洟《はなみず》をすすり上げた。

「おめえに訊けば、長谷部の旦那の塒《ねぐら》が分かるんじゃァねえかと思ってよ。こうやって、足を運んできたわけだ」

「おれも、塒は知らねえぜ」

竹次郎が眉宇《びう》を寄せて言った。

「分からねえのか」

甚八はがっかりしたように肩を落とした。

「すまねえなァ」

「そうか。……旦那の塒は、堀川町辺りじゃねえかなァ。暗くなってから、油堀沿いを歩いていて殺《や》られたらしいんだ」

「堀川町は、塒じゃァねえよ。博奕《ばくち》だよ。博奕」

竹次郎が急に声をひそめて言った。

「博奕だと」

「そうよ。でけえ声じゃァ言えねえが、堀川町に賭場があるのよ。長谷部の旦那は弱《よえ》えくせして博奕好きでな。銭を握ると、賭場へ顔を出すのよ」

「賭場か……」

「おれもよ。長谷部の旦那に誘われて、二度行ったことがあるんだ」

竹次郎が甚八を上目遣いに見ながら言った。熟柿のような顔が、いくぶんまともになっている。

「だれの賭場だい」

「芝蔵だよ」

「芝蔵な」

甚八は、芝蔵の名は聞いたことがあったが、賭場をひらいていることぐらいしか知らなかった。

「長谷部の旦那は、賭場の帰《けえ》りに殺《や》られたのかもしれねえぜ。……めずらしく目が出て、がっぽり儲けたのよ。それで、賭場の帰りに狙ったやつがいたのかもしれねえ」

竹次郎が目をひからせて言った。

「…………」

甚八も、長谷部が斬られたのは賭場にかかわりがあると思った。ただ、長谷部を斬ったのは、滝川である。芝蔵という男の手先ではない。とすると、滝川が賭場にいたということだろうか。

「竹次郎、賭場に腕の立つ用心棒がいたのか」

甚八が訊いた。滝川が賭場にいたとすれば、博奕を打ちにきた客ではなく用心棒であろう。

「おれが賭場に行ったのは、二月《ふたつき》ほど前《めえ》だが、用心棒はいなかったな。……牢人もいるにはいたが、客だったぜ」

「二月前な」

その後、滝川が用心棒にもぐり込んだのかもしれない。

甚八は、芝蔵の賭場を探ってみようと思った。

それから、甚八は竹次郎に芝蔵の賭場がどこにあるか訊いてから腰を上げた。酔わないうちに、芝蔵の賭場だけでも目にしておこうと思ったのである。

5

甚八は、堀川町の油堀沿いの道を歩きながら賭場を探した。

……あれだな。

雑草や笹藪でおおわれた空き地の先に、板塀で囲われた仕舞屋《しもたや》があった。

竹次郎によると、芝蔵の賭場は板塀をめぐらした仕舞屋で、両脇が空き地になっているという。

甚八は仕舞屋の前を通りながら耳を澄ましたが、物音や人声は聞こえなかった。戸口の板戸はしまったままである。

まだ、賭場はひらいてないらしい。陽は西の空にまわっていたが、まだ八ツ半（午後三時）ごろだった。

……しばらく、待つか。

甚八は賭場がひらくのは、暮れ六ツ（午後六時）ちかくになってからだろうと思った。

樽八にもどって出直そうかとも思ったが、通り沿いに手頃なそば屋があったので暖簾《のれん》をくぐった。

そば屋で酒をチビチビやりながら半刻（一時間）ほど過ごし、それからそばで腹ごしらえをして店を出た。

陽は西の家並の向こうに沈みかけていた。甚八はゆっくりした足取りで、板塀で囲われた仕舞屋の近くまでもどった。

……あの笹藪の陰で様子を見るか。

甚八は通りの前後に目をやり、人目がないのを確かめると、スッと空き地の笹藪の陰に身を隠した。そして、通りからは目につかない場所にもぐり込んだ。

こうしたことは、御手の物である。盗人だったとき、狙った家屋敷に侵入するために、付近の物陰に身を隠して家人が寝込むのを待つことが、よくあったのだ。

甚八は笹藪の陰から仕舞屋の戸口に目をやっていた。小半刻（三十分）ほどすると、暮れ六ツ（午後六時）の鐘が鳴り、表戸をしめる音が遠近《おちこち》から聞こえてきた。まだ、西の空には残照がひろがっていたが、笹藪の陰や掘割沿いの樹陰などには、淡い夕闇が忍び寄っている。

……賭場がひらいたようだ。

仕舞屋の戸口から、大工らしいふたり連れが辺りの様子をうかがいながら入っていく。賭場の客らしい。

それから、賭場の客らしい男が次々に姿を見せ、ひとり、ふたりと仕舞屋に入っていった。職人、小店の旦那ふうの男、大工、船頭、遊び人……。ただ、滝川と思われる牢人は姿をあらわさなかった。

しばらくすると、辺りはすっかり暗くなった。笹藪の陰は夜陰につつまれ、頭上では星がまたたいている。仕舞屋から灯《ひ》が洩《も》れ、耳を澄ますと、かすかに男たちのどよめきや笑い声などが聞こえてくる。

……滝川は来ねえのか。

すでに、五ツ（午後八時）を過ぎていた。滝川らしい男は姿を見せなかった。

甚八は明日にしようと思い、笹藪の陰から通りに出ようとした。そのとき、仕舞屋の戸口から男がひとり出てきた。職人か大工らしい。黒の半纏《はんてん》に股引《ももひき》姿だった。男は跳ねるような足取りで、こちらに歩いてくる。

男はニヤニヤ笑っていた。博奕に目が出たのかもしれない。

……あいつに訊いてみるか。

甚八は男をやり過ごしてから、通りへ出た。

甚八は足音を消して男の背後に近付いた。忍者のような敏捷《びんしょう》な動きである。

「待ってくれ」

甚八が男の後ろから声をかけた。

男はギョッとしたように立ち竦《すく》み、おそるおそる振り返った。顔が恐怖でこわばっている。

「な、なんだ……」

男が声をつまらせて訊いた。

「すまねえ、脅かしちまったようだ。……勘弁してくんな」

甚八がおだやかな声で言った。

「お、おれに、何か用か」

まだ、男の声は震えていた。

「ちょいと、訊きてえことがあってな。歩きながらでいいぜ」

そう言って、甚八はゆっくりと歩きだした。

「何が訊きてえんだ」

男も歩きだした。

「おめえ、芝蔵の賭場から出てきたな」

「し、知らねえ」

男の顔が、また恐怖でこわばった。甚八のことを岡っ引きとでも思ったのかもしれない。賭場に出入りしたことが岡っ引きに知れて捕らえられれば、敲《たた》きぐらいではすまないだろう。

「おれが、岡っ引きに見えるかい」

甚八が笑いながら言った。

「……………」

「おれも、手慰《てなぐさ》みが好きでな。芝蔵の賭場で一勝負しようと思って来たのよ」

手慰みとは、博奕のことである。

「そ、そうか」

男の顔が、いくぶんなごんだ。甚八が岡っ引きではないと分かったようだ。

「でもよ、嫌なものを見ちまってな。芝蔵の賭場の敷居が高くなっちまったのよ」

甚八が困惑したように顔をゆがめて言った。

「何を見たんだ」

男が訊いた。甚八が何を見たのか気になったようだ。

「芝蔵の賭場に、長谷部ってえ図体のでけえ牢人が出入りしてたのを知ってるかい」

甚八は長谷部の名を出した。

「知ってるぜ」

「その長谷部が、頭を斬り割られて御陀仏になったことは」

「噂には聞いてる」

男が首をすくめながら言った。

「見ちまったのよ、長谷部の旦那が斬られるのをよ」

甚八が声をひそめて言った。男から話を訊くために、見たことにしたのである。

「み、見たのか」

男が甚八に顔をむけて言った。

「ああ、斬ったのは、牢人者だぜ。……おめえ、芝蔵の賭場に出入りしてるなら、その牢人の顔を見たことがあるはずだ」

甚八は男に身を寄せて言った。

「た、滝川の旦那か」

男が震えを帯びた声で言った。

「そうよ」

やはり、滝川のようだ。それに、滝川は芝蔵の賭場にいるらしい。

「いまも、滝川の旦那は芝蔵の賭場にいるのかい。いるなら、芝蔵の賭場は遠慮しようと思ってよ。博奕に目が出て金をつかんだら、帰りにバッサリじゃァ合わねえからな」

「ば、博奕で手にした金を取られたのか」

男は、両手で懐を押さえながら言った。博奕で勝った金が入っているのだろう。

「そうらしいな。……ところで、賭場に滝川の旦那はいたのか」

甚八は、滝川の所在が知りたかったのだ。

「いなかったぜ」

「滝川の旦那は、賭場の用心棒じゃァねえのか」

「用心棒じゃァねえ。たまにしか来ねえし、来ても博奕を打っているか、酒を飲んでるかだぜ」

「……」

どうやら、滝川は賭場の客らしい。

「滝川の旦那は三日に一度ぐれえ、賭場に顔を見せるのかい」

「はっきりしたことは知らねえが、おれは、ここ十日ほどの間に二度見たな」

「ところで、おめえ、滝川の塒は知るめえな」

甚八は念のために訊いてみた。

「塒など、知らねえよ」

男の声に不審そうなひびきがくわわった。甚八の問いが、岡っ引きの聞き込みのようだったので、不審に思ったのかもしれない。

そんなやり取りをしている間に、ふたりは大川端近くまで来ていた。

「先に行くぜ」

男はそう言い残し、小走りに甚八から離れていった。

甚八は足をとめて離れていく男の背を見送っていたが、きびすを返すと、来た道を引き返し始めた。今夜のところは、樽八に帰ろうと思ったのである。

6

「芝蔵の手下から訊いてみるか」

洋之介が言った。

甚八から話を聞いた洋之介は、滝川が芝蔵と何かかかわっていると踏んだのだ。それというのも、長谷部の死体を掘割に投げ捨てるとき、賭場にいた芝蔵の手下が手伝ったのではないかとみたからである。

「いつ、やりやす」

甚八が訊いた。

「早い方がいいな。今夜は、どうだ」

「ようがす」

「玄次に舟を出してもらおう」

洋之介は手下から話を訊いた後、その手下を始末するつもりでいた。かわいそうだが、生かしたまま帰せば、洋之介や甚八のことが芝蔵だけでなく滝川たちにも伝わるのだ。

「五ツ（午後八時）ごろ、この桟橋に来やす」

そう言い残し、甚八は桟橋から石段を上がっていった。

洋之介と甚八は、舟政の桟橋に立って話していたのだ。


その夜、晴天だったが、風があった。仙台堀の水面《みなも》に波が立ち、汀《みぎわ》に寄せて、バシャバシャと水音をたてていた。舟政の桟橋に舫《もや》ってある数艘の猪牙舟が揺れている。

洋之介と甚八は、舟政の桟橋から舟に乗り込んだ。

「旦那、舟を出しやすぜ」

艫《とも》に立って棹を握っていた玄次が言った。

洋之介と甚八は船底に腰を下ろした。ふたりは闇に溶ける黒や茶の装束に身をかためていた。その黒い姿が、月明りにぼんやりと浮かび上がっている。

玄次は巧みに棹をあやつって桟橋から船縁を離すと、水押《みお》しを大川にむけた。いったん大川に出てから油堀に舟を入れるのである。掘割をたどって油堀に入ることもできたが、芝蔵の手下に見られないよう大川経路で行くことにしたのだ。

洋之介たちの乗る舟は、いっとき大川を下ってから水押しを油堀にむけた。

「千鳥橋近くの桟橋に、舟を着けやすぜ」

玄次が水音に負けないよう声を大きくして言った。

「そうしてくれ」

長谷部の死体が揚がった桟橋である。洋之介は、桟橋から芝蔵の賭場は近いと聞いていた。

舟が桟橋に横付けされると、洋之介と甚八は舟から飛び下りた。そして、玄次が舟を舫い杭に繋ぐのを待ってから、三人は掘割沿いの通りへ出た。

「こっちでさァ」

甚八が先に立った。

三人は夜陰にまぎれて堀沿いの道を歩き、甚八の先導で仕舞屋の脇の笹藪に身を隠した。

「あれが、賭場でさァ」

笹藪の陰から、甚八が指差した。

板塀にかこまれた仕舞屋からかすかな灯が洩れている。ときどき、男たちのざわめきや笑い声などが聞こえてきた。賭場はひらいているようである。

「賭場へ入り込んで、芝蔵の手下を捕らえるわけにはいかんな」

洋之介が言った。

「出て来たところを捕まえやしょう」

「手下が分かるのか」

洋之介は、賭場の客と手下の見分けがつかないだろうと思った。

「あっしが、ちょいと手下の面《つら》を拝んできやすよ」

そう言い残し、甚八は洋之介たちのそばを離れた。

甚八は音をたてずに笹藪をすり抜け、仕舞屋をかこっている板塀へむかって行く。笹がかすかに揺れるだけである。夜陰に黒装束の姿も溶け、甚八に目をむけていても、甚八の姿に気付かないほどである。

「さすが、甚八だ」

洋之介が感心したように言った。

それから小半刻（三十分）ほどすると、甚八がもどってきた。

「旦那、見てきやしたぜ」

甚八によると、戸口で下足番をしていたふたりと賭場にいた三人の手下の顔を見てきたという。

「他に、中盆と壺振りもいやした」

芝蔵らしき男もいて、隣の座敷で莨を吸っていたそうだ。

「家のなかに入ったのか」

洋之介が驚いたような顔をして訊いた。

「戸や障子の隙間から覗いただけでさァ」

甚八は表情も変えずに言った。甚八にとって、家のなかを覗くなどたやすいことなのかもしれない。

それからいっときすると、戸口からふたりの男が出てきた。職人ふうの男である。何やら話しながらこちらに歩いてくる。

「やつらは、客だ」

甚八が小声で言った。

ふたりの男は、洋之介たちがひそんでいる笹藪の前を通り過ぎていった。

それから、船頭らしい男がひとり、肩を落として通りかかった。この男は博奕に負けたようだ。

さらにいっときして、商家の旦那ふうの男がふたり、小声でしゃべりながらやってきた。ふたりとも渋い顔をしていた。やはり、目が出なかったのであろう。

「出てくるのは、客だけだな」

洋之介がつぶやいた。

「戸口にいるやつを、引っ張りだしてきやすか」

玄次がそう言ったときだった。

戸口から遊び人ふうの男がひとり出てきた。格子縞の小袖を裾高に尻《しり》っ端折《ぱしょ》りしている。両脛《すね》が夜陰のなかに白く浮き上がったように見えた。

「やつは、手下だ」

甚八が声を殺して言った。

「よし、捕らえよう」

都合よくひとりだった。男は小走りに、近付いてきた。芝蔵に言われて、使いにでも出たのかもしれない。

「後ろへまわってくれ」

「へい」

すぐに、甚八と玄次が笹藪のなかを足音を忍ばせて移動し、路地の後方にまわった。念のために、男の後ろをふさぐ手筈になっていたのである。

洋之介は、男が十間ほどに近付いたとき、笹藪の陰から通りに出た。

「だ、だれだ！」

男が足をとめて声を上げた。

「通りすがりの者だが、おまえに訊きたいことがあってな」

洋之介は、男に近付きながら左手で刀の鯉口を切った。

「つ、辻斬りか！」

男がひき攣《つ》ったような声で言った。

「辻斬りは、おまえの身内にいるだろう」

洋之介の足が速くなった。

「き、斬る気だな」

男は後ろに首をまわした。逃げようとしたらしい。

だが、動かなかった。いや、動けなかったのである。すぐ背後に、甚八と玄次が迫っていたのだ。

「ちくしょう！」

叫びざま、男は懐に右手をつっ込み、匕首《あいくち》を取り出した。

匕首が、夜陰のなかでにぶくひかった。その匕首が小刻みに震えている。男の身が恐怖で顫えているのだ。

「観念しろ！」

洋之介は抜刀し、刀身を峰に返しざま、スッと男に体《たい》を寄せた。素早い動きである。

ヒイッ、と喉のかすれたような悲鳴を上げ、男は反転して笹藪のなかへ逃れようとした。

「逃さぬ！」

洋之介の刀身が横一文字に疾《はし》った。一瞬の太刀《たち》捌《さば》きである。

ドスッ、という皮肉《ひにく》を打つにぶい音がし、男の上体が折れたように前にかしいだ。洋之介の峰打ちが、男の腹を強打したのだ。

男は腹を押さえ低い呻き声を上げて、その場にうずくまった。

「この男を舟に運んでくれ」

洋之介が、甚八と玄次に言った。

すぐに、ふたりはうずくまっている男の両脇に腕を差し入れ、帯をつかんで身を起こすと引きずるようにして桟橋へ連れていった。

7

玄次の漕ぐ舟は油堀から大川へ出ると、水押しを川下へむけた。

頭上は満天の星で、月が皓々《こうこう》とかがやいていた。よく晴れていたが、風があって川面は波立っていた。無数の波頭が白くひかり、深い群青色の夜空におおわれている江戸湊の彼方までつづいている。

「旦那、どの辺りへ着けやすか」

玄次が櫓《ろ》を手にしたまま訊いた。

「海まで行くと、波が荒いな」

「へい」

「佃島辺りの静かなところへとめてくれ」

「承知しやした」

玄次は水押しを霊岸島の方へむけた。

舟を着けたのは、鉄砲洲《てっぽうず》に近い佃島の岸際だった。そこに、古い杭が打ってあり、舫い綱をかけて舟をとめたのである。

辺りは夜陰につつまれていたが、三人の顔は月明りに浮かび上がったように見えていた。川面に立つ波で舟が揺れ、船底を打つ水音が絶え間なく聞こえていた。

あらためて男の顔を見ると、二十五、六に見えた。三下ではなく、芝蔵の子分のなかでは兄貴格なのかもしれない。

「おまえの名は?」

洋之介が訊いた。隠目付らしい物言いである。顔付きも、けわしかった。舟政に居候しているときの間の抜けたような表情は、拭い取ったように消えている。

「よ、与之助《よのすけ》だ。……おめえさんたちは、だれなんだ」

男が声を震わせて訊いた。男の顔が、疑念と恐怖でゆがんでいる。

「目付筋だ」

洋之介は、江崎藩のことを口にするつもりはなかった。

「お、御目付……」

与之助の体が激しく顫えだした。目付筋と聞いて、与之助は強い畏怖心をいだいたようだ。町方より権威のある役職と思ったにちがいない。

「与之助、芝蔵の手下だな」

洋之介が、吟味するような口調で訊いた。

「………」

与之助は口をひき結んだまま顫えていた。芝蔵の手下だと認めると、首を刎《はね》られるとでも思ったのかもしれない。

「しゃべりたくなければ、しゃべらんでもいい。この場で、首を落として舟から突き落とすだけだ」

洋之介は低い声で言うと、片足を立てて抜刀した。

そして、切っ先を与之助の首筋にあてた。洋之介の双眸が、月光を映じて切っ先のようにひかっている。相手を竦ませるような凄みがある。

「……しゃ、しゃべる」

与之助が声を震わせて言った。

「芝蔵の手下だな」

「へい」

「長谷部という牢人を油堀近くで斬ったはずだが、手をくだしたのは、滝川泉十郎であろう」

洋之介は滝川の名を出した。すでに、調べが進んでいると思わせた方が、与之助が隠さずに話すとみたからである。

「よくご存じで」

与之助が驚いたような顔をした。滝川の名まで知っているとは、思わなかったのだろう。

「なにゆえ、長谷部を斬ったのだ」

「やつが、賭場で騒ぎだしたからなんで。……博奕に目が出ねえもんで、暴れだしたんでさァ。それで、滝川の旦那が外に連れだして」

与之助は語尾を濁した。賭場のことは、あまりしゃべりたくないようだ。

「滝川は賭場の用心棒か」

「用心棒じゃァねえ。客人でさァ」

「代貸じゃァねえ、親分の客人で」

「芝蔵の客か」

「親分だと」

どうやら、芝蔵が親分ではないらしい。親分は別にいて、芝蔵は賭場の代貸に過ぎないようだ。

「親分はだれだ」

洋之介が語気を強くして訊いた。

「……」

与之助は視線を落として戸惑うような顔をした。親分の名を出してはまずいと思ったようだ。

「ここで、首を落としていいんだな」

洋之介が刀を振りかぶった。いまにも、斬り下ろしそうな迫力がある。

「待て、しゃべる。に、仁右衛門親分だ」

与之助が声をつまらせて言った。

「仁右衛門な」

洋之介は初めて聞く名だった。

甚八と玄次に目をやると、玄次がちいさくうなずいた。どうやら仁右衛門のことを知っているようだ。

「それで、滝川はどこにいるのだ」

洋之介は滝川の居所を知りたかった。仁右衛門はともかく、洋之介が始末したいのは、滝川だけである。

「知らねえ。嘘じゃねえ。滝川の旦那の塒は聞いてねえんだ」

与之助がむきになって言った。

「仁右衛門といっしょではないのか」

「そうかもしれねえ」

「ならば、仁右衛門の塒は？」

「入船町《いりふねちょう》にある相模屋《さがみや》ってえ料理屋のあるじと聞いてやすが、店にはあまりいねえはずでさァ。……親分は用心して、賭場にも滅多に近付かねえんで」

与之助が小声で言った。

「うむ……」

どうやら、与之助も仁右衛門のことはくわしく知らないらしい。

それから、洋之介は仁右衛門の年格好や顔付きなどを訊いた。探索するとき、役に立つと思ったからである。

話が一段落してとぎれたとき、

「旦那、あっしを帰《けえ》してくだせえ。知ってることは、みんな話しやした」

与之助が哀願するように言った。

「与之助、帰してもいいが、どうせ生きてはいけないぞ」

洋之介が低い声で言った。

「……！」

与之助の視線が恐怖で揺れ、顔から血の気が失せた。

「芝蔵も仁右衛門も、おまえがしゃべったことを知れば、生かしてはおくまい。そのために、滝川がいるのではないのか」

そう言うと、洋之介は切っ先を与之助にむけた。

ヒイッ、という悲鳴が与之助の喉から洩れ、恐怖の表情が、凍りついたように固まった。

「おれが、あの世へ送ってやる」

言いざま、洋之介は切っ先を与之助の心ノ蔵に突き刺した。

与之助は喉のつまったような呻き声を上げ、身をのけ反らせた。

洋之介は刀を胸に突き刺したまま動かなかった。

ガックリ、と与之助の首が落ちた。尻餅をついたような格好のまま与之助は首を垂れている。洋之介はすぐに刀身を抜かなかった。傷口から血が噴出し、舟を汚すことが分かっていたからである。

「玄次、舟を川下へむけてくれ」

洋之介は、江戸湊で与之助の死体を投棄するつもりだった。死体が揚がると、滝川や仁右衛門が警戒すると思ったからである。

「へい」

玄次が舫い綱をはずし、櫓を握った。

玄次の漕ぐ舟は波に揺れながらギシギシと音をたて、夜の江戸湊の深い闇のなかにむかっていく。

第三章　霞斬り

1

「海野の旦那、あれが相模屋ですぜ」

玄次が老舗《しにせ》らしい料理屋を指差して言った。

洋之介と玄次が来ていたのは、深川入船町である。そこは、三十三間堂近くの表通りだった。参詣客や遊山客などで賑わっている。

与之助を捕らえて訊問した翌日だった。さっそく、ふたりは相模屋に仁右衛門と滝川がいるかどうか確かめるために足を運んできたのである。

ここに来る道すがら、洋之介は玄次から仁右衛門のことを聞いていた。玄次は岡っ引きだったこともあり、仁右衛門の噂を耳にしていたのである。

玄次によると、仁右衛門は賭場の貸元として深川では顔のきく親分だったが、ここ五、六年ほとんど噂を聞かなくなったという。ただ、表に姿を出さないが、深川の闇世界を牛耳っている男であることはまちがいないそうだ。

「それに、仁右衛門は金ずくで殺しを引き受けるという噂もあるんでさァ」

玄次が小声で言った。

「殺し屋か」

「へい、仁右衛門は殺し人の元締めのような立場でしてね。それで、表舞台から姿を隠したとの噂もありやす」

「うむ……」

とすると、仁右衛門は、滝川を殺し人として使うために身辺においているのかもしれない。

そんな話をしながら、ふたりは相模屋の前まで来たのだ。

七ツ（午後四時）ごろだった。相模屋の店先には暖簾が下がり、水が打ってあった。客も入っているらしく、二階から嬌声や客らしい男の哄笑などが聞こえてきた。

「店に入って訊くわけにもいかんな」

下手に店の者に訊けば、洋之介たちが滝川のことを探っていることを教えてやるようなものである。

「近所で訊いてみやすか」

玄次が言った。

「そうしよう」

洋之介は、ふたりでいっしょに訊きまわるより、別々の方が埒《らち》が明くと思い、暮れ六ツ(午後六時)の鐘が鳴ったころに汐見橋《しおみばし》のたもとで会うことを約して別れた。相模屋の前から木場の方へすこし歩くと、掘割に汐見橋がかかっていたのである。

ひとりになった洋之介は表通りを歩き、小体な笠屋を目にとめた。店先に菅笠《すげがさ》、網代笠《あじろがさ》、編笠《あみがさ》などが、ぶらさがっている。合羽《かっぱ》も売っているらしく、軒下に「笠、合羽処」と書かれた看板がかかっていた。

店先で人のよさそうな親爺が、店の奥の狭い座敷に並べた菅笠をひとつひとつ手にして眺めていた。品定めでもしているのだろう。

洋之介が店先に立つと、親爺は手にした笠を脇に置き、

「いらっしゃい」

と言って、慌てて腰を上げた。洋之介を客と思ったようだ。

「訊きたいことがあってな」

洋之介がそう言うと、とたんに親爺の顔から愛想笑いが消えた。それでも、相手が武士なので、あからさまに不機嫌そうな顔はしなかった。

「この先にある相模屋を知っているな」

洋之介が切り出した。

「へい」

「あるじの仁右衛門のことは？」

洋之介が仁右衛門の名を出すと、親爺が警戒するような目をした。

「お武家さまは、御番所（奉行所）の方でしょうか」

親爺が、腰をかがめながら訊いた。

「そうではない。おれは見たとおりの牢人だ」

洋之介は小袖に袴姿で来ていたが、髭と月代《さかやき》がここ三日ほど剃ってなかったので伸びていた。旗本や御家人には見えないだろう。

「……………」

親爺が怪訝な顔をした。洋之介が、なぜ仁右衛門のことを訊くのか分からなかったからであろう。

「仁右衛門が、やくざ者に因縁をつけられて困っているとき、おれが通りかかってな、助けたことがあるのだ。そのとき、近くに来たら、ぜひ寄ってくれと言われたのだが、店には入りにくい。もう、二年も前の話なのでな」

洋之介は、思い付いた作り話を口にした。

「さようでございますか」

親爺はしらけた顔をした。洋之介の話が信じられなかったのだろう。

「それに、肝心の仁右衛門は、ほとんど店にいないというではないか」

「そうらしいですよ。ここしばらく、てまえも、顔を見てませんからね」

親爺がつっけんどんな物言いをした。その場から離れたいような素振りを見せている。

「親爺、仁右衛門には、おれと同じような腕の立つ牢人者がついていて、いつも身を守っているそうではないか」

かまわず、洋之介がつづけた。

「そういえば、てまえも見たことがありますよ。仁右衛門さんが、ご牢人と歩いているのを」

親爺が言った。

「その牢人だな。それで、牢人も近くに住んでいるのか」

「知りませんよ、そんなこと」

親爺はつっ撥ねるように言うと、忙しいので、これで、と言い残し、そそくさと店にもどってしまった。

洋之介は苦笑いを浮かべながら笠屋の前を離れた。それから、通り沿いの店に立ち寄って話を訊いたが、たいした収穫はなかった。分かったことといえば、仁右衛門は相模屋に住んでいるのではなく、店の切り盛りをおきよという女将にまかせ、どこかの隠居所に住んでいるらしいことだけだった。滝川のことを知っている者はいなかった。

洋之介は暮れ六ツ（午後六時）の鐘の音を聞いてから、汐見橋に足をむけた。橋のたもとで、玄次が待っていた。

「玄次、歩きながら話すか」

洋之介は、このまま舟政にもどるつもりだった。

「へい」

ふたりは、富ケ岡八幡宮の門前通りの方へむかって歩きだした。

「どうだ、何か知れたか」

歩きながら洋之介が訊いた。

「仁右衛門は、隠居所に住んでるらしいですぜ」

「そのようだな。隠居所だが、どこにあるか分かったのか」

「冬木町《ふゆきちよう》らしいが、はっきりしやせん」

深川冬木町は、富ケ岡八幡宮の裏手にひろがる町である。ひろい町なので、冬木町というだけでは、なかなかつきとめられないだろう。

「滝川のことはどうだ?」

「仁右衛門といっしょに、それらしい牢人が歩いているのを見た者がいやす」

「居所は分からないのだな」

「へい」

玄次が視線を落とした。

そんなやり取りをしながら、洋之介と玄次は八幡宮の門前を過ぎ、永代寺門前町《えいたいじもんぜんちよう》へ入った。すでに、町筋は濃い暮色につつまれていたが、参詣客や遊山客などで賑《にぎ》わっていた。門前通り沿いには料理茶屋、料理屋、女郎屋、置屋などが並び、華やいだ灯《ひ》につつまれている。


洋之介と玄次は、永代寺門前町を歩いていた。洋之介たちの十間ほど後ろを遊び人ふうの男がふたり歩いていた。洋之介たちに目をむけ、間があかないように通行人の間を縫うように歩いている。

ふたりの男は、洋之介と玄次を尾行していたのだ。ふたりは、洋之介たちが汐見橋のたもとで顔を合わせたときから尾行していたのだが、洋之介と玄次は気付かなかった。

洋之介たちは山本町を過ぎると、すぐに右手に折れた。そこは掘割沿いにつづく路地で、そのまま行けば舟政のある仙台堀沿いの道に突き当たる。

掘割沿いの道に出ると、人影がとぎれて急に寂しくなった。闇が深くなったように感じられる。

ふたりの尾行者は、洋之介たちとの距離を半町ほどもとっていた。通行人がいなくなったので、距離をとらないと気付かれるからだ。

ふたりの尾行者は、通り沿いの店の軒下闇や樹陰などに身を隠して巧みに尾けていく。

2

翌日の午後、洋之介と玄次は冬木町へ足をむけた。何とか、仁右衛門の住む隠居所をつきとめようと思ったのだ。それというのも、隠居所に滝川も身を寄せているのではないかとみたからである。

洋之介と玄次は、仙台堀沿いの道を木場の方へむかって歩いた。冬木町は仙台堀沿いにひろがっていた。ただ、舟政からは距離があり、洋之介は冬木町のことはあまり知らなかった。

ふたりは、冬木町に入ると昨日と同じように別々に聞き込むことにした。ひろい町なので、その方が早いと思ったのである。

一刻（二時間）ほどしたら、仙台堀にかかる亀久橋《かめひさばし》のたもとで会うことにして、ふたりは別れた。

……さて、どこで訊くか。

洋之介は仙台堀沿いの道に目をやってつぶやいた。

通り沿いには、小体な店や仕舞屋などが目についた。人影はすくなく、船頭、川並《かわなみ》、行商人などの姿があった。船頭や川並の姿が目につくのは、木場が近いからであろう。

……あの米屋で訊いてみるか。

小体な舂米屋《つきごめや》があった。戸口ちかくで、店の親爺らしい男が唐臼《からうす》を踏んでいる。

洋之介は、仁右衛門の名を出して親爺に訊いたが、首を横に振るばかりだった。それから、仙台堀沿いの別の店に立ち寄って話を訊いたが、仁右衛門の隠居所も滝川らしい牢人のこともまったく分からなかった。

陽は西の家並の向こうに沈みかけていた。仙台堀の水面に夕陽が映じて赤い絹布《けんぷ》のように染まり、ゆらゆら揺れながら流れている。

……無駄骨か。

洋之介は亀久橋に足をむけた。

まだ、玄次の姿はなかったが、いっとき橋のたもとで待つと、玄次がもどってきた。

「待たせちまって、もうしわけねえ」

玄次は首をすくめるように頭を下げた。

「おれも、いま来たところだ」

洋之介は舟政のある大川の方へ歩きだしながら言った。

「旦那、何も出てこねえ」

玄次が渋い顔をして言った。

「おれもだ」

洋之介は、まったく収穫がなかったことを話した。

「旦那、芝蔵から探った方が早いかもしれやせんぜ」

「芝蔵の身辺を洗うのか」

「尾けるんでさァ」

玄次によると、芝蔵は仁右衛門に賭場をまかされているだけなので、かならず仁右衛門と会って儲けた金を渡しているはずだという。

「芝蔵を尾ければ、仁右衛門の住処《すみか》がつきとめられるわけか」

「へい、それに、賭場を見張ってりゃァ、滝川が姿をあらわすかもしれやせん」

「そうだな。冬木町を歩きまわるより、賭場を見張った方が早いかもしれんな」

「張り込みは、あっしと甚八さんでやりやすよ」

玄次が言った。

「頼む」

洋之介は、賭場の見張りを玄次と甚八にまかせようと思った。ふたりは岡っ引きと盗人だったこともあり、見張りや尾行は巧みだった。

洋之介と玄次は、前方に海辺橋が見えるところまで来ていた。通りの右手は仙台堀で、左手は寺院がつづいている。

陽は沈み、西の空には茜色の残照がひろがっていた。通りに人影はなく、ひっそりとしていた。仙台堀沿いに繁茂した葦《あし》や芒《すすき》などが、水面を渡ってきた風にサワサワと揺れている。

「玄次、後ろの男、おれたちを尾けているようだな」

洋之介が、玄次に身を寄せて小声で言った。

「……」

玄次はそれとなく背後に目をやった。

半町ほど後ろから町人がふたり、歩いてくる。ひとりは遊び人ふうだった。面長で、顎がとがっている。格子縞の小袖を裾高に尻っ端折りしていた。

もうひとりは、船頭か川並といった格好をしていた。黒の半纏に濃紺の細い股引、手ぬぐいで頬っかむりしている。

「おれたちを狙っているかもしれんぞ」

すこし前屈みで歩くふたりの姿には、獲物を追う野犬のような雰囲気があった。ただの町人ではないようだ。

「どうしやす？」

「なに、相手は町人ふたりだ。捕らえて、何者か正体をつきとめてやろう」

洋之介の胸には、仁右衛門の手下かもしれないとの読みがあった。

「旦那、橋のたもとに！」

玄次が声を上げた。

前方の海辺橋のたもとに人影があった。総髪で、黒鞘の大刀を一本落とし差しにしていた。牢人のようである。

牢人はゆっくりとした足取りで、こちらに歩いてくる。中背で、腰が据わっていた。胸が厚く、がっちりした体に見えた。歩く姿が敏捷そうである。

……滝川ではないか！

と、洋之介は思った。

「旦那、挟み撃ちですぜ！」

玄次がうわずった声で言った。

見ると、背後のふたりが小走りになっている。すでに、黒の半纏姿の男は手に匕首を持っていた。胸元で構えた匕首が、野獣の牙のようにひかっている。

「やつらも、仲間だ」

匕首を手にした男の身辺に異様な殺気があった。脅しではない。洋之介たちの命を狙っているようだ。

前からの牢人の身辺にも、殺気がただよっていた。

「玄次、隙を見て逃げろ！」

牢人が洋之介に挑み、ふたりの町人が玄次を襲う、と洋之介は読んだ。玄次は探索や尾行は巧みだが、こうした戦いは得手でない。

「へ、へい……」

玄次の声は震えを帯びていた。

通りの先に目をやったが、逃げ場がなかった。左手は正覚寺の築地塀《ついじべい》で、右手は仙台堀である。おそらく、逃げ場のないこの場を選んで仕掛けてきたのである。

洋之介は正覚寺の築地塀に目をとめた。二十間ほど先に、境内に入るちいさな木戸があった。すこしあいている。

「玄次、あの木戸から境内へ逃げ込むのだ」

洋之介が、小走りになりながら言った。境内に入れれば、何とか逃げられるかもしれない。

「へい」

玄次は目をつり上げて洋之介についてくる。

3

「走れ！　玄次」

洋之介は声を上げ、疾走した。

玄次が駆けだした。玄次の足は速かった。すぐに洋之介に追いつき、築地塀沿いを並走した。

これを見た前方の牢人が走りだした。

迅い！

獲物を追う狼のようである。

後方の町人ふたりも駆けだした。ふたりとも匕首を手にしている。

前方の牢人との間が、急迫してきた。

……このままでは、木戸から逃げ込めぬ！

と、みてとった洋之介は、走りながら抜刀した。

牢人も抜いた。刀身を振り上げ上段にとった。切っ先を後ろに引いて寝せている。

……上段霞だ！

滝川にまちがいなかった。上段霞から頭を狙って斬り下ろすつもりにちがいない。切っ先を合わせず、駆け寄りざま仕掛けてくるだろう。

洋之介は走りながら八相にとった。頭に斬り下ろしてくる斬撃《ざんげき》なら、八相が受けやすいと踏んだのである。

淡い夕闇のなかに、滝川の顔が浮かび上がった。総髪で面長、鼻梁が高かった。蛇《くちなわ》を思わせるような細い目がうすくひかっている。

滝川との間合が一気にせばまった。滝川は全身から痺《しび》れるような剣気をはなっていた。

わずかに見える背後の刀身が、夕闇を切り裂いて急迫してくる。

滝川が三間余りに迫った。

と、滝川の全身に斬撃の気が疾《はし》った。

……この遠間《とおま》から、仕掛けるのか！

洋之介が頭のどこかで思った瞬間、
キエエッ！

猿声のような気合が静寂を劈《つんざ》き、滝川の黒い肢体が跳躍した。

……高い！

滝川の体が、洋之介の胸ほどの高さまで跳ね上がったように見えた。

刹那《せつな》、滝川の上段霞に構えた刀身が流星のようにひかった。

……真っ向にくる！

察知した洋之介は、八相から刀身を振り上げた。

キーン、と甲高い金属音がひびき、洋之介の頭上で青火が散り、滝川の刀身が撥《は》ね返った。意外に軽い斬撃だった。

次の瞬間、滝川の体が洋之介の前に着地し、跳ね返るようにふたたび跳躍した。

キラッ、と滝川の頭上で刀身がきらめいた。また、上段霞に構えたのである。迅速な太刀捌きである。

……二の太刀がくる！

真っ向から真っ向へ。滝川の連続技である。

咄嗟に、洋之介は体をひねりざま上半身を後ろに倒した。刀身を振り上げて、滝川の斬撃を受ける間がなかったのである。

顔の脇で刃唸りがし、肩先から胸にかけて衝撃がはしった。洋之介が体をひねりざま上半身を後ろに倒したため、滝川の切っ先が袈裟《けさ》に入ったのだ。

洋之介が後ろによろめいた。無理な体勢で上半身を倒したため、腰がくずれたのである。だが、それが幸いした。よろめきながらも素早く身を引いたため、滝川との間合があいたのだ。

洋之介はふたたび八相に構えた。着物の肩先が裂けて出血していたが、刀を構えられるところをみると、それほどの深手ではないようだ。

……これが、霞斬りか！

恐ろしい剣だった。洋之介の全身に鳥肌が立ち、体が小刻みに顫えだした。恐怖と激しい気の昂《たかぶ》りである。

……逃げねば！

と、洋之介は思った。次は、霞斬りをかわせないだろう。

滝川はふたたび上段霞に構えていた。目は蛇のようにひかっていたが、唇の端には薄笑いがあった。洋之介を斬れる、と踏んだのであろう。

洋之介は、チラッ、と玄次に目をやった。

玄次は築地塀の木戸から境内に飛び込むところだった。匕首を手にしたふたりの男が、後を追っている。

洋之介も、寺の境内に飛び込んで逃げようと思った。それしか、助かる手はないだろう。ただ、木戸から境内に逃げ込むには、前に立ちふさがっている滝川を突破せねばならない。それに、突破できたとしても、滝川の足は速そうだった。

……だが、逃げるしかない。

洋之介は腹をくくった。

イヤアッ！

洋之介は八相に構えたまま、いきなり疾走した。

「来い！」

滝川が声を上げ、全身に斬撃の気をみなぎらせた。おそらく、間合がつまれば霞斬りを仕掛けてくるだろう。

滝川との間合が、一気にせばまった。

タアッ！

短い気合を発し、走りながら洋之介が八相から斬り下ろした。

と、洋之介の手元から刀が飛んだ。洋之介は斬り下ろしたのではなく、振り下ろしざま刀を投げたのである。

一瞬、滝川の顔が驚愕にゆがんだ。まさか、洋之介が刀を投げるなどとは思ってもみなかったのだろう。

咄嗟に、滝川は上段霞から刀を払い、洋之介の刀をたたき落とした。が、無理な体勢から大きく刀を払ったため、滝川の体勢がくずれてよろめいた。

この一瞬の隙をとらえ、洋之介は滝川の脇をすり抜けた。

「に、逃げるか！」

滝川が目を剝いて叫んだ。

かまわず、洋之介は懸命に走った。ここで逃げねば、命はないのだ。

「待て！」

滝川が刀身をひっ提げたまま慌てて追ってきた。

滝川との間は、五間ほどだった。すぐ背後に、滝川の足音と息の音が聞こえた。洋之介は振り返らなかった。懸命に走った。

滝川との間はつまらなかった。おそらく、滝川の方が足は速かっただろう。だが、滝川は手に刀を持っていた。刀を手にしたままでは、走りづらい。どうしても、遅くなるが、滝川は刀を捨てられないのだ。素手では、追いついても洋之介を斬ることができないのである。洋之介は、このことを見越して刀を捨てたのだ。

洋之介は木戸から境内に飛び込んだ。

境内は森閑として、闇が濃かった。そこは本堂の裏手らしい。松、杉、欅《けやき》などの大樹が鬱蒼《うっそう》と枝葉を茂らせていた。

洋之介は木々の間を縫うように走った。滝川も境内に走り込んだらしく、背後で足音が聞こえた。ただ、だいぶ遠くなっている。

本堂の表の方でも、複数の足音がした。待て、という声も聞こえた。玄次がふたりの男から逃げているようだ。

洋之介は本堂の脇の庫裏《くり》の裏手へまわった。そこにも、ちいさな木戸門があった。細い路地に通じている。

洋之介は木戸門から路地へ走り出た。追ってくる足音は聞こえなかった。それでも、洋之介は一町ほど走り、後ろを振り返って追ってこないことを確かめてから足をとめた。

……た、助かったようだ。

洋之介は、つっ立ったまま荒い息を吐いた。

胸の鼓動がおさまってから耳を澄まし、辺りの気配をうかがった。足音や近付いてくる人の気配はなかった。玄次が逃げられたかどうか心配だったが、寺にはもどれなかった。

洋之介は肩口を押さえながら細い路地をたどった。まだ出血していたが、命にかかわるような傷ではないようだ。

4

「まァ、ひどい傷……」

おみつが、洋之介の左肩を見て眉をひそめた。

着物が裂け、どっぷりと血を吸って蘇芳色《すおういろ》に染まっている。まだ、肩口の傷からは出血していた。

洋之介たちがいるのは、舟政の土間を入ってすぐの帳場だった。流し場にいたおみつは、傷を負って帰ってきた洋之介を目にすると、

「ともかく、上がって」

と言って、洋之介を帳場に上げたのだ。

おみつといっしょに流し場にいた仙太も、そのまま母親について帳場にきていた。

「小父ちゃん、痛いか」

仙太が顔をしかめ、激痛に耐えているような顔をして訊いた。

「たいしたことはない。それより、おみつ、晒《さらし》はあるか」

洋之介は晒で傷口を縛っておこうと思った。縛っておけば止血が早いだろうし、傷口も早くふさがるだろう。

「待って、すぐ、持ってくる」

おみつはすぐに帳場の奥の居間に行き、晒と貝殻につめてある金創膏を持ってもどってきた。

「いま、着物を脱ぐ」

洋之介は小袖を脱ぎ、上半身裸になった。肩から胸にかけて五寸ほどの傷があり、まだ出血していた。ただ、たいした傷ではなかった。薄く皮肉を裂かれただけである。

洋之介は自分で手ぬぐいを手にして傷口の血を拭《ぬぐ》った。そして、おみつに指示して、晒を切って折り畳んでもらい、たっぷりと金創膏を塗って傷口にあてがった。

「おみつ、強く縛ってくれ」

「は、はい」

おみつは、洋之介に指示されたとおり、晒を肩から腋にかけてまわし、幾重にも重ねてから縛った。

「これでよし」

洋之介が笑みを浮かべて言うと、おみつもいくぶん安心したのか顔がやわらいだ。

おみつの脇に神妙な顔をして座っていた仙太も安心したらしく、洋之介のまわりを歩きながら血まみれになった小袖や首筋にこびりついた血などを見ている。

「これは、片付けましょう」

そう言って、おみつが残った晒を手にして立ち上がったとき、戸口に近寄る足音がした。

「だれかしら」

おみつの顔がこわばった。

すでに、五ツ半（午後九時）を過ぎていた。いまごろから、舟政に来る客はいないはずだ。

洋之介も、脇に置いてあった小刀を手にした。滝川に刀を投げつけて、小刀だけで帰ってきたのだ。

「旦那、海野の旦那……」

腰高障子の向こうで、男の声がした。

「玄次か」

思わず、洋之介は腰を上げた。玄次の声である。

「へい」

腰高障子があいて、玄次が顔を見せた。

「大事ないようだな」

洋之介は、玄次の姿を見て安堵した。傷を負っている様子はなかった。無事に、ふたりの町人の手から逃れられたようだ。

「旦那、傷を負ったんですかい」

土間に入ってきた玄次は、洋之介の肩にまかれた晒を見て訊いた。

「なに、たいした傷ではない。……それにしても、よかった。玄次がどうなったか、案じていたのだ」

洋之介は玄次の無事を確かめず逃げたので、心配していたのだ。

「何とか逃げられやした」

玄次は、寺を出た後、敵をまくためにいったん亀久橋の方へ逃げたので、いまになってしまったことを言い添えた。

「ともかく、よかった。ところで、玄次、めしを食ったのか」

洋之介が訊いた。玄次は、まだ夕めしを食ってないだろう。洋之介もまだだったので、腹がへっていた。

「まだなんで……」

玄次が照れたような顔をして言った。

ふたりのやり取りを聞いていたおみつが、

「すぐ、支度するから」

と言って、立ち上がった。


その夜、洋之介はなかなか寝付けなかった。傷の痛みもあったが、滝川の霞斬りのことを思うと、気が昂《たかぶ》って目が冴えてしまうのだ。

……恐ろしい剣だ。

と、洋之介は思った。

上段霞から真っ向へくる初太刀はなんとか受けられたが、連続してくる二の太刀はかわせなかった。咄嗟に、上半身を後ろへ引いたので真っ向への斬撃は逃れられたが、次はかわせないだろう。

それに、二の太刀をかわしたとしても、さらに三の太刀がくるのではあるまいか。滝川の霞斬りは、ただ上段から斬り下ろすのではなかった。手の内を絞って、たたくように斬るのだ。そのため、二の太刀、三の太刀を真っ向に連続してふるうことができるのだ。しかも迅い。初太刀から二の太刀への変化が、洋之介の目にもとらえられなかったほどである。

……何とかせねば、滝川と顔を合わせることもできんぞ。

洋之介は、暗い天井を見つめながらつぶやいた。

上意討ちの助太刀どころではなかった。洋之介が、滝川から逃げまわっていなければならないのだ。

洋之介が滝川と出合った五日後、舟政に相馬と杉浦が姿を見せた。ふたりの顔に、屈託の色があった。

「そこもとが、手傷を負ったと聞いたのでな」

相馬が、洋之介の肩口に目をむけながら言った。

洋之介の肩口には、まだ晒が巻いてあった。ただ、すでに出血はとまっていて、痛みもほとんどなかった。数日すれば、刀が遣えるようになるかもしれない。

相馬によると、近くを通りかかったとき、寅六から話を聞いたという。

「かすり傷だ」

洋之介は、右手で肩先を撫でながら言った。

「それで、相手は」

杉浦が声をひそめて訊いた。

「戸口では、話しづらいな」

洋之介は、板場にいるおみつに目をやりながら言った。

今日は、朝から釣客が来ていて、寅六と梅吉は客を乗せて大川に出ていた。おみつは、釣りから帰ってきて一杯やる客のために料理の支度をしていたのだ。

「桟橋で話すか」

洋之介は、相馬と杉浦を舟政の桟橋に連れていった。

桟橋にはだれもいなかった。二艘の猪牙舟が舫ってあり、舟の水押しに波が当たりチャプチャプと幼児でも戯れているような水音をたてていた。

桟橋に立つとすぐ、

「相手は、滝川か」

と、杉浦が訊いた。

まんで話した。

「そうだ」

洋之介は海辺橋の近くで滝川たちに襲われ、寺の境内に飛び込んで逃げたことをかいつ
「その傷は、霞斬りで負ったのか」

相馬が洋之介の肩に目をむけて訊いた。

「霞斬りは恐ろしい剣だ。なんとか、頭を割られずに済んだが、このざまだ」

洋之介の本音だった。

「やはり、滝川を討つのは至難だぞ」

相馬がけわしい顔をした。

「下手に仕掛けると、返り討ちだな」

「ならば、三人で取り囲んで討つしかないな」

相馬が言った。

「うむ……」

たしかに三人でかかれば、滝川を討つことはできよう。ただ、それでは霞斬りを破った
ことにはならないし、滝川と正面で対峙した者が斬られる恐れがあった。

次に口をひらく者はなく、三人は押し黙ったまま桟橋に立っていた。桟橋近くの舫い杭

を打つ水音が、ざわめきのように聞こえてくる。

相馬が洋之介に顔をむけ、

「それで、滝川の住処は知れたのか」

と、声をあらためて訊いた。

「まだだが、仁右衛門という男といっしょに冬木町にいるのではないかとみている」

「仁右衛門とは？」

「深川で顔をきかせているやくざの親分らしい」

洋之介は、仁右衛門のことをかいつまんで話した。

「厄介《やっかい》な相手だな」

相馬が渋い顔をして言った。杉浦も、困惑したような表情を浮かべている。場合によっては、仁右衛門も敵にまわるかもしれないと踏んだのだろう。

「ともかく、滝川の隠れ家をつきとめることだな」

洋之介が、つぶやくような声で言った。

5

洋之介が二階から階段を下りてくると、土間にいた寅六が揉み手をしながら近寄ってきた。

「旦那、今朝はいつもより起きるのが早《はえ》ようで」

寅六が上目遣いに洋之介を見ながら言った。

まだ、明け六ツ（午前六時）前だった。舟政のなかは薄暗かったが、腰高障子は白んでいた。店の外は、だいぶ明るくなっている。

「そうか」

洋之介は戸口の腰高障子に目をやって言った。

「旦那、今日はいい釣り日和《びより》ですぜ」

寅六は、洋之介を釣りに誘っているのだ。

洋之介が傷を負って半月ちかく過ぎていた。傷口に巻いた晒も取れ、左腕も自在に動くようになっている。

「釣りか。しばらく行ってないな」

洋之介は気のない返事をした。

「佃島近くの深場なら、黒鯛《くろだい》も狙えやすぜ。雨が降って濁りが入《へえ》ったんで、食いがいいはずでさァ」

「寅六」

「へい」

「今日は釣客の予定はないのか」

「せっかくの釣り日和だてえのに、釣客はふたりだけなんでさァ。ふたりは、梅吉が舟を出すことになってやして……」

寅六が情けないような顔をした。

「暇なのか」

「今日は、手があいてやす」

「それなら、舟を出してもらうかな」

「へい、それで、鱚にしやすか。それとも黒鯛を狙いやすか」

寅六が目を細めて言った。

「いや、赤坂まで舟を頼みたいのだ」

赤坂は遠方なので、舟を出してくれると助かる。洋之介は赤坂まで歩いていくつもりで朝早く起きたのだ。

「赤坂……」

寅六がきょとんとした顔をした。

「そうだな。新堀川を入って、増上寺の裏手辺りまで送ってくれんか。赤坂に用事があってな」

新堀川は増上寺の脇を流れ、江戸湊にそそいでいる川である。

洋之介は、増上寺の裏手辺りで船を下り、赤坂新町にある小暮又八郎の道場に行くつもりだった。小暮は洋之介の剣術の師匠であった。甲源一刀流の達人である。すでに還暦に近い老齢だが、その腕は衰えていないはずである。

洋之介は小暮に滝川の霞斬りのことを話し、あらためて教えを受けたいと思ったのだ。甲源一刀流の多くの刀法のなかには、まだ洋之介が身につけていない精妙な技があるはずなのだ。

「釣りじゃァねえんですかい」

寅六は、しぼむように肩を落とした。

「寅六、釣りはまたにしてくれ」

「しょうがねえ」

寅六は渋々と桟橋にむかった。

寅六の漕ぐ舟で大川に出ると、水押しを川下にむけた。永代橋をくぐると、八丁堀寄りに舟を進め、佃島の脇を通って江戸湊へ出た。

浜御殿《はまごてん》の脇を過ぎると、右手に増上寺の杜《もり》と堂塔が見えてきた。

「旦那、新堀川に入《へえ》りやすぜ」

寅六が声をかけ、水押しをさらに陸に寄せた。

新堀川をすこしさかのぼると、金杉橋が見えてきた。金杉橋は東海道をつなぐ橋である。

洋之介の乗る舟は金杉橋の下をくぐり、増上寺の脇に出た。

「旦那、どのあたりまで行きやす」

櫓を漕ぎながら寅六が声を上げた。

「古川の先まで行ってくれ」

新堀川は古川とつながっているが、新堀川の先は途中で切れて水路のようになっているはずである。

「承知しやした」

寅六は水路のようになっている場所まで舟を進めてから、船寄を見つけて船縁を寄せた。

「旦那、赤坂のどこへ行くんです？」

寅六が杭に舫い綱を繋ぎながら訊いた。

「新町だ。むかし、稽古した道場があってな。お師匠に会ってくるのだ」

そう言い置いて、洋之介は舟から下りた。

洋之介が船寄から通りにつづく石段を上り始めると、

「ねえ、旦那」

と、寅六が声をかけた。

「なんだ?」

「帰りはどうするんです」

「歩いて帰るしかないな」

洋之介は、そのつもりだった。

「深川まで遠いですぜ」

寅六も、舟から船寄へ下りてきた。

「たしかに遠いな」

「どうです、舟で帰《けえ》ったら。あっしも、お供しやすよ」

寅六が上目遣いに洋之介を見た。

「おれといっしょに道場へ来るというのか」

「へい」

「そうしてもらえばありがたいが、道場へは入れんぞ」

寅六といっしょに師匠の小暮に会うわけにはいかなかった。

「戸口近くで待ってやすよ」

寅六が、洋之介に近付いてきた。行く気になっているようだ。

「頼むか」

どうせ、寅六が舟政に帰っても舟を出す客はいないだろう、と洋之介は思った。

「お供しやす」

寅六が声を上げた。

6

道場のなかは静寂につつまれていた。男たちの汗の匂いと稽古を終えた後の余韻が残っている。門弟たちは稽古を終え、小半刻（三十分）ほど前に道場を出ていた。いま、道場にいるのは、洋之介と小暮だけである。

ふたりは、道場のなかほどに端座《たんざ》していた。

小暮は老齢で鬢《びん》や髷《まげ》に白髪が目立った。肌にも老人特有の肝斑《しみ》が浮いている。ただ、双眸は鋭く、顔もひきしまっていた。中背だが、胸が厚く、首が太かった。どっしりと腰が据わっている。長年の激しい稽古で鍛え上げた体である。身辺には剣の達人らしい威風がただよっていた。

「海野が後れをとったのか」

小暮が低い声で言った。

洋之介は、滝川の遣う剣に後れをとり、肩口を斬られたことを話したのだ。

「はい、霞斬りと称し、頭へ斬り下ろす剣です」

「霞斬りとな」

小暮の双眸がひかった。剣客らしい鋭い目である。

「木刀をお借りします」

洋之介が立ち上がり、道場の板壁にかかっていた木刀を手にした。話すより、やって見せた方が早いと思ったのである。

「わしが、相手しよう」

小暮も木刀を手にした。

ふたりは、およそ四間の間合をとって対峙した。

「こう、上段に構えます」

言いざま洋之介は上段に構え、木刀の先を後方にむけて寝せた。

「上段霞と呼んでいるようです。この構えから、飛び込みざま頭上へ斬り込みます」

「間合を消す構えか」

小暮が言った。

「……」

洋之介も、上段霞の構えには間合を読みづらくさせる利があるとみていた。

「来い！」

小暮は青眼に構えた。

木刀の先がピタリと洋之介の目線につけられている。さすがである。そのまま木刀の先で目を突いてくるような威圧がある。

洋之介は小暮との間合が遠くなったように感じられた。剣尖《けんせん》の威圧で、間合を遠く見せているのである。

イヤアッ！

突如、洋之介は裂帛《れっぱく》の気合を発し、素早い摺《す》り足で間合をつめた。

間合が三間半ほどにつまると、洋之介は跳躍し、上段霞から打ち込んだ。

真っ向へ。木刀の先が小暮の頭上へ伸びる。

オオッ！

と鋭い声を発し、小暮が木刀を払った。

戞《カツ》、
と乾いた音がひびき、ふたりの木刀が上下に撥ねた。

次の瞬間、洋之介は着地すると同時に、ふたたび跳躍し真っ向へ打ち込んだ。真っ向から真っ向へ。迅速な連続技である。

だが、小暮の動きも迅《はや》かった。

ふたりの木刀がはじき合った次の瞬間、右手に跳んだのである。

洋之介の木刀は小暮の肩先をかすめて空を切った。

ふたりは交差し、間合をとってから反転してふたたび対峙した。

「それが、霞斬りか」

小暮が木刀を下ろしながら訊いた。顔に驚きの色がある。

「はい」

「初太刀を斬り下ろさず、撥ねるように斬るのだな」

小暮は達人である。すぐに、霞斬りの太刀捌きを看破したようだ。

「それに、初太刀から二の太刀への変化がおそろしく迅いのです。それがしには、真似ができません」

洋之介は滝川と同じように連続して打ち込んだが、迅さと鋭さには各段の差があった。

「妙剣だな」

小暮の顔がけわしくなった。霞斬りが尋常な剣ではないと察知したのであろう。

「滝川と立ち合わねばなりません」

洋之介が言った。

「うむ……」

「わが流に、応じる技がございましょうか」

洋之介は小暮に身を寄せて訊いた。

甲源一刀流には、長剣だけでも二十の形《かた》があった。形は流派独自の刀法といえばいいだろうか。さらに、甲源一刀流には長剣の他に小太刀《こだち》と薙刀《なぎなた》にそれぞれ五つの形がある。

「五天《ごてん》では、応じられぬな」

五天は、妙剣《みょうけん》、実妙剣《じつみょうけん》、勢眼《せいがん》、上段《じょうだん》、独妙剣《どくみょうけん》からなる。

「敵が真っ向へ斬り込んでくる剣を打ち落とさねばなるまい。そして、間髪をいれず、真っ向へ斬り込む」

小暮が低い声で言った。

「………」

「水車《みずぐるま》がよいな」

「水車……」

残心組《ざんしんぐみ》という言葉でくくられている形に、霞隠《かすみがくれ》、体当《たいあたり》、右足《うそく》、左足《さそく》、水車の五つがあった。

洋之介は甲源一刀流に水車という形があることは知っていたが、まだ、その形を一度しか目にしたことはなかった。洋之介が門弟だったころ、小暮が師範代相手に形稽古をしているとき水車の形を見たのである。甲源一刀流の形のなかでも独特な大技で、秘剣といってもいい。

「どうだ、わしが水車で相手してみようか」

小暮が言った。

「はい！」

思わず、洋之介の声が大きくなった。小暮は秘剣ともいえる水車を実際に遣って見せるというのだ。

洋之介は、ふたたび四間ほどの間合をとって小暮と対峙した。

「行くぞ！」

小暮は木刀の先を後ろへむけ、鍔元《つばもと》を腰の辺りにつけた。隠剣《おんけん》である。甲源一刀流の隠剣とは、脇構えのことである。隠剣にも、敵から刀身を隠すことで、間合を読みづらくさせる利があった。

他に、甲源一刀流では青眼は勢眼《せいがん》、八相は竪黼額《たてほんがく》と呼んでいた。上段は上段、下段は下段である。

洋之介は上段にとると、木刀の先を後ろにむけて上段霞にとった。

すぐに、小暮の全身に気勢がみなぎってきた。その体がひとまわり大きくなったように見える。

イヤアッ！

裂帛の気合を発し、洋之介が間合をつめ始めた。

間髪をいれず、小暮が動いた。隠剣のまま間合をつめてくる。

一気に、ふたりの間合がせばまった。

オオッ！

洋之介が仕掛けるより先に、小暮の体が躍った。

隠剣から木刀を大きく振りかぶって、敵の真っ向へ。

瞬間、洋之介も飛躍しざま上段霞から真っ向へ打ち込んだ。

戛、

と乾いた音が道場内にひびき、ふたりの木刀が正面ではじき合った。

すかさず、洋之介が撥ね上がった木刀を小暮の頭上へ打ち込む。霞斬りの連続技である。

が、小暮の水車も迅かった。

すばやい足捌きで身を引きざま、洋之介の打ち込みを強くはじいたのである。

戛、と大きな音がひびき、洋之介の木刀がはじかれた。

次の瞬間だった。素早い動きで身を引いた小暮は、一転して踏み込み、木刀を水車のように大きく回転させて洋之介の真っ向へ打ち込んだ。

咄嗟に、洋之介は下から撥ね上げるように、小暮の打ち込みをはじいた。すかさず、小暮は木刀を回転させ洋之介の真っ向へ打ち込んだ。小暮の木刀が、二度大きく回転したのである。

まさに、水車だった。すばやく前後しながら、流れるような体捌きで木刀を大きく回転させ、敵の斬撃をはじくとともに、敵をおいつめて打ち込むのだ。

小暮の木刀が、洋之介の額の前でピタリととまった。小暮が手の内を絞ってとめたのである。

「ま、まいった！」

思わず、洋之介が声を上げた。

「どうだな」

「水車なれば……」

霞斬りに勝つことができる、と洋之介は思った。ただ、洋之介は、水車を会得したわけではなかった。形だけ真似ても霞斬りを破ることはできまい。

7

「どうだ、水車を遣ってみるか」

小暮が言った。

「は、はい」

「ならば、わしが霞斬りなる剣を真似てみよう」

そう言うと、小暮は四間ほどの間合をとって、洋之介と対峙した。

「まいります」

洋之介は隠剣にとった。

すでに、洋之介は甲源一刀流の多くの技を身につけ、その精妙も会得していたので、隠剣の構えも見事だった。

構えだけでなく、隠剣からの寄り身、敵との間積もり、面打ち、後退しながらの敵の斬撃のはじき方など、水車のほとんどの動きは身についていたので、あえて稽古することはなかった。ただ、相手との呼吸や大きく木刀を回転させて面へ打ち込む間合などは身につけていない。

ふたりは、ほぼ同時に仕掛けた。一気に、ふたりの間合がつまる。

遠間から、洋之介が先に仕掛けた。

イヤアッ!

裂帛の気合と同時に、隠剣から木刀を大きく回して小暮の真っ向へ。水車の打ち込みである。

間髪をいれず、小暮が跳躍しざま上段霞から真っ向へ打ち込んできた。

戛、という乾いた音とともにふたりの木刀がはじき合った。

次の瞬間、小暮がふたたび真っ向へ。

迅《はや》い! 霞斬りの神速の連続技である。小暮だけあって、すぐに滝川の遣う霞斬りにちかい太刀捌きを見せたのだ。

洋之介は身を引きながら木刀を払おうとしたが、一瞬遅れた。

小暮の木刀が、洋之介の頭上へ。

ピタリ、と木刀がとまった。洋之介の頭頂から、一寸ほどの間である。小暮が手の内を絞って寸止めしたのだ。

「初太刀が弱い。初太刀の打ち込みで、敵の体勢をくずさねば、二の太刀を浴びるぞ」

小暮が言った。

「はい」

洋之介は、小暮の言うとおりだと思った。大きく刀を回転させる太刀は、強い斬撃を生むのだ。水車の斬撃は、敵の刀身をはじくとともに体勢をもくずすのである。その威力を生かさねばならない。

「いま一手!」

「おお!」

ふたりは、ふたたび四間ほどの間合をとって対峙した。

それから一刻(二時間)ほど、ふたりの稽古はつづいた。洋之介が踏み込み、二度目の打ち込みで小暮の額をとらえたとき、

「よし、いまは敵の真額《まびたい》を打った」

小暮が言って、木刀を引いた。

むろん、洋之介は手の内を絞って寸止めをしているので、小暮の額に当てるようなことはなかった。

「今日は、これまでにいたそう」

「お師匠、かたじけのうございます」

洋之介は道場の床に端座し、小暮に低頭した。

「だがな、真剣勝負となれば、形どおりにはいかぬ。まだまだ、出精《しゅっせい》せねば、霞斬りは破れまい」

小暮が重い声で言った。

「心得ております」

洋之介も、これで滝川に勝てるなどとは思っていなかった。わずかに、光明が見えてきただけである。

道場の戸口から出ると、寅六がすこし離れた欅の木陰でやすんでいた。げんなりした顔をしている。待ちくたびれたらしい。

「旦那、ずいぶん待ちやしたぜ」

寅六は立ち上がると、渋い顔をして近寄ってきた。

「悪かったな」

二刻（四時間）ほど、待たせただろうか。半刻（一時間）ほどでもどると言ってあったので、寅六が痺れをきらすのも無理はない。水車の稽古をしなければ、これほど遅くなることはなかったが、洋之介にとってはまたとない機会だったのである。

「もう、腹がへっちまって」

「そうだな」

洋之介も空腹だった。すでに、八ツ半（午後三時）ごろではあるまいか。朝めしを食っただけで、まだ何も腹に入れてなかったのだ。

「どうだ、ちかくの店でそばでも食うか」

「そうしやしょう」

寅六が背筋を伸ばして言った。いくらか、元気が出たようである。

洋之介と寅六は、通り沿いで手頃なそば屋を見つけ、酒で喉をうるおした後、そばで腹ごしらえをした。

ふたりは、舟をつないでおいた桟橋から舟に乗り、大川へ出て深川今川町へむかった。

洋之介たちの乗る舟が舟政に着いたのは、陽が西の空に沈んでからだった。仙台堀沿いの通りは暮色に染まり、舟政の戸口からは灯が洩れていた。

店の飯台に梅吉がいた。ひとりで茶を飲んでいる。釣客を帰した後、おみつが淹れてくれた茶で一休みしているところらしい。

「旦那、寅六さんとどこへ行ってたんです」

梅吉が訊いた。

その声を聞きつけ、帳場にいたおみつが腰を上げて出てきた。

「赤坂だよ。釣りじゃァねえぜ。剣術の稽古だ」

洋之介の代りに、寅六が言った。

「旦那、どういう風の吹きまわしです？」

梅吉が洋之介に顔をむけて訊いた。

「体がなまったのでな。すこし、鍛えなおしてきたのだ」

洋之介は苦笑いを浮かべて、飯台に腰を下ろした。

「ねえ、旦那」

上がり框のそばに膝を折ったおみつが、洋之介に声をかけた。おみつの顔に、不安そうな色がある。何かあったのであろうか。

「どうした」

「今日、うろんな男が店に来てね。しつっこく、旦那のことを訊いたんですよ。あたしは、釣客だから、くわしいことは知らないと言っておいたんですけどね」

おみつが眉根を寄せて言った。

「どんな男だ？」

「遊び人ふうでね。面長で、顎がとがっていたけど……」

「……！」

洋之介は口にしなかったが、すぐに分かった。滝川といっしょに洋之介と玄次を襲ったふたりの男のうちのひとりである。

どうやら、洋之介が舟政にいると知って探りにきたようだ。

「何者と分からんが、また来ておれのことを訊いたら、牢人で、常連の釣客だとでも言っておいてくれ」

洋之介はこともなげに言った。おみつに、心配をかけたくなかったのである。

第四章　返り討ち

1

「海野の旦那、ちょいと」

腰高障子の間から、玄次が顔を覗かせて言った。

洋之介は舟政の飯台に腰を下ろし、朝餉《あさげ》におみつが作ってくれた茶漬けを食べ終え、茶を飲んでいたところである。

「なんだ」

洋之介は、飯台に湯飲みを置いて腰を上げた。流し場にいるおみつに聞かせたくない話らしかったからである。

洋之介が腰高障子から出るとすぐに、

「また、滝川に殺《や》られやしたぜ」

と、玄次が小声で言った。

「だれが、殺られたのだ」

「だれかは分からねえが、大店の旦那のようでさァ」

玄次によると、知り合いのぼてふりに話を聞いたという。死体は頭を割られているそうである。

「場所は？」

「ここから遠くねえ。材木町の油堀沿いのようですぜ」

「行ってみるか」

洋之介は、滝川が辻斬りで大店の旦那の懐を狙ったのではないかと思った。ただ、ちかごろ、滝川は仁右衛門の指示で動いているような節があるので、辻斬りとは決め付けられないかもしれない。

店から出ると、朝日がかがやいていた。晴天である。舟政の前の通りに、ぼてふり、船頭、出職の職人らしい男などが行き交っていた。

洋之介は玄次の後について材木町にむかった。しばらく堀沿いの道を歩くと、油堀に突き当たった。油堀沿いの道を左手に行けば、材木町はすぐである。

材木町へ入っていっとき歩くと、

「旦那、あそこのようでさァ」

玄次が指差した。

見ると、大勢の人垣ができていた。通りすがりの野次馬、近くの住人、それに遊び人らしい男や岡っ引きなどが集まっているようだった。近付くと、人垣のなかほどに宗造の姿もあった。

「ちょいと、通してくんな」

玄次が強引に人垣を分けた。

洋之介は人垣の間をすり抜けて前へ出た。ともかく、死体を見てみようと思ったのである。

死体は宗造の足元に横たわっていた。そこは堀際で、雑草が繁茂していた。そのなかに、黒羽織に細縞の小袖を着た大柄な男が仰臥していた。頭を割られ、顔がどす黒い血に染まっている。

……下手人は滝川だ。

と、洋之介は確信した。

死体の刀傷は、霞斬りによるものである。これまで見た死体と同じように、頭を割られた凄絶な死顔である。

洋之介は、死体のまわりにいる数人の男に目をとめた。遊び人かと思ったが、そうではないようだった。なかに前だれをかけている者や片襷《かただすき》をかけている者がいたのだ。料理屋の若い衆《し》と包丁人らしかった。

洋之介は男たちが宗造に話しているのを聞いて、死体の主がだれか分かった。深川黒江町にある料理茶屋、水木屋《みずきや》のあるじの七左衛門《しちざえもん》のようだ。死体のまわりに集まっている男は、水木屋の若い衆と包丁人らしい。おそらく、あるじが殺されたと聞いて店から駆け付けたのであろう。

「下手人は、辻斬りだな。この頭の傷を見りゃァ分かる」

宗造が、顔をしかめて言った。

洋之介はいっとき、宗造と水木屋の奉公人たちのやり取りを聞いていたが、下手人は辻斬りと決めつけているらしく、新たな話は出てこなかった。

洋之介はこれ以上話を聞いていてもしかたがないと思い、その場を離れた。

人垣から離れると、玄次が、

「あっしが、ちょいと聞き込んでみやすよ」

と言って、人垣の方へもどった。船頭になる前は腕利きの岡っ引きだったこともあり、何か腑《ふ》に落ちないことを感じ取ったのかもしれない。

洋之介はひとりで、舟政にもどった。寅六や梅吉も、釣客を舟に乗せて大川に出ていたので、舟政は静かだった。いつもは仙太の声も聞こえるのだが、昼寝でもしているらしく居間の方もひっそりとしていた。

洋之介は、ひとり舟政の裏手にまわった。隣家との間に雑草におおわれた狭い空き地があった。洋之介は空き地にひとり立ち、刀を抜いて甲源一刀流の隠剣に構えた。上段霞に構えた滝川を脳裏に描いて、対峙したのである。

洋之介は、水車《みずぐるま》で滝川の霞斬りと立ち合ってみるつもりだった。

……いくぞ！

摺り足で間合をつめ、隠剣から真っ向へ。

すかさず、滝川が上段霞から跳躍しざま真っ向へ斬り込んでくる。

真っ向と真っ向。ふたりの刀身が眼前ではじき合う。

洋之介は、滝川がふるう真っ向への二の太刀を払いながら身を引いた。そして、間合があくと、すぐに踏み込んで刀身を大きく回転させて真っ向へ斬り込んだ。水車の太刀捌きである。

洋之介の動きに合わせて、足元でバサバサと音がした。雑草を踏み付ける音である。

小半刻（三十分）ほど刀をふるうと、全身に汗が浮いてきた。

……まだ、斬れんな。

洋之介は、水車で滝川を斬れたという実感がなかった。まだ、水車の精妙な体捌きや太刀筋が身についていないのである。

それから、半刻（一時間）ほどしたとき、仙太が舟政の脇から顔を覗かせ、

「小父ちゃん、呼んでるよ」

と、声をかけた。

「だれが、呼んでるんだ」

「玄次さん」

「すぐ、行く」

どうやら、玄次がもどってきたようだ。

洋之介は顔や首筋の汗を手ぬぐいで拭いながら店にもどった。

戸口のところに、玄次が立っていた。店先で、仙太の姿を見かけて呼びに寄越したのだろう。

「何か知れたか」

洋之介は、仙太が店にもどってから訊いた。

「妙なことを耳にしましてね」

玄次が小声で言った。

「妙なこととは？」

「黒江町に行って水木屋の女中に訊いてみたんですが、昨夜、七左衛門は遊び人ふうの男に呼び出されて出かけたらしいんでさァ」

「呼び出されたのか」

「へい、そいつの名は分からねえが、面長で顎がとがっていたそうで」

「滝川といっしょにいた男だ！」

思わず、洋之介の声が大きくなった。

「てえことは、七左衛門は呼び出されて、滝川に殺られたってことになりやすぜ」

玄次の目がひかった。腕利きの岡っ引きを思わせるような目である。

「殺しか」

洋之介は、滝川を匿《かくま》っているらしい仁右衛門が金ずくで殺しを引き受けているらしいと聞いていた。何者かが大金を積んで、七左衛門の殺しを仁右衛門に依頼し、滝川が実行したのではあるまいか。

「あっしも、滝川は仁右衛門の指示を受けて七左衛門を殺ったとみてやすが」

玄次が低い声で言った。

「するると、仁右衛門は滝川を殺し人として使うために匿っているのだな」

こうなると、滝川だけ仕留めるのはむずかしいかもしれない、と洋之介は思った。

「旦那、どうしやす」

玄次が訊いた。

「ともかく、甚八とふたりで、滝川と仁右衛門の居所をつきとめてくれ」

いまは、それしか手はなかった。

「へい」

「玄次、用心しろよ。滝川たちは、おれが舟政にいることも気付いたようだからな」

「油断はしやせん」

玄次が、顔をけわしくしてうなずいた。

2

甚八は笹藪のなかに身を隠していた。黒の半纏と黒股引、濃い茶の手ぬぐいで頬っかむりしている。甚八の姿は、笹藪のなかの濃い闇にまぎれてまったく見えなかった。ただ、双眸がうすくひかっているだけである。

甚八はその場に隠れて、仕舞屋の戸口に目をむけていた。油堀沿いにある芝蔵の賭場である。

甚八は、賭場から芝蔵が出て来るのを待っていた。芝蔵の跡を尾けて、仁右衛門の隠れ家をつきとめるためである。

……なかなか尻尾を出さねえな。

甚八がつぶやいた。ここに隠れて、賭場を見張るようになって三日目である。昨夜、芝蔵は子分を連れて出てきたが、近くの料理屋に入って酒を飲んだだけで、また賭場へもどってしまった。

だが、芝蔵はかならず仁右衛門の隠れ家に足を運ぶ、と甚八はみていた。親分のところに顔を出さないはずはないのである。

五ツ（午後八時）ごろだった。仕舞屋からは灯が洩れ、ときおり男たちのどよめきや哄笑などが聞こえてきた。賭場は熱を帯びているようである。

すでに、甚八がこの場に身をひそめて一刻（二時間）は経つが、芝蔵は出てこなかった。

甚八はこうしたことに慣れていた。盗人だったころは、狙った家が寝静まるのを待って、二刻（四時間）でも三刻（六時間）でも身をひそめていたものである。

町木戸のしまる四ツ（午後十時）ちかくになると、賭場から出てくる客が多くなった。さすがに、夜通し博奕を打つ客はすくないようだ。

さらに、半刻（一時間）ほどすると、十人ほどの客が戸口から出てきた。仕舞屋から洩れる灯がうすくなっている。どうやら、今夜は賭場をとじたようだ。

最後の客が甚八のそばを通り過ぎていっときすると、戸口に提灯の明りが見えた。数人の男たちが、明りのなかにぼんやりと浮かび上がっている。

男たちは何やら話しながら、甚八の方へ近付いてきた。遊び人ふうの男が提灯を持って先に立ち、黒羽織姿の長身の男の足元を照らしている。

……芝蔵だ！

長身の男が芝蔵である。甚八は芝蔵の姿を見ていたので、すぐに分かった。いっしょにいるのは、子分たちであろう。

子分は五人いた。芝蔵は子分を引き連れて、甚八の前を通り過ぎていく。男たちの声が断片的に聞こえてきたが、話の内容までは聞き取れなかった。

芝蔵たちが半町ほど離れたところで、甚八は笹藪の陰から出て跡を尾け始めた。芝蔵たちは、油堀沿いの道を富ケ岡八幡宮の方へむかって歩いていく。

甚八は表店の軒下や樹陰をたどりながら尾けていく。尾行は楽だった。甚八は足音をたてずに歩くことができたし、黒装束の姿は闇にまぎれたからである。

芝蔵たちは材木町を通り過ぎ、油堀にかかっている富岡橋《とみおかばし》を渡った。さらに、堀沿いの道を歩いていく。

永代寺門前仲町に入ってすぐ、芝蔵たちは生け垣をめぐらせた仕舞屋に入っていった。富商の隠居所と思わせるような家である。ただ、隠居所にしては大きな家で、何間《ま》もありそうだった。

……ここか！

甚八は仁右衛門の隠れ家ではないかと思った。

甚八は生け垣に身を寄せて、家の様子をうかがった。なかから、男たちの話し声が聞こえてきた。芝蔵たちが、家の者と話しているらしい。何人もで話していることは分かったが、何を話しているかは分からなかった。

いっときすると、庭の先の座敷に灯が点った。かすかに床を踏む足音や障子をあける音などが聞こえてきた。おそらく、芝蔵たちが座敷に上がったのだろう。

……ちょいと、覗いてみるか。

甚八は男たちの話を盗聴しようと思った。仁右衛門と滝川がいるかどうか分かるはずである。

甚八は生け垣に沿って歩き、生け垣の一部が枯れている場所を見つけてもぐり込んだ。足音を忍ばせて庭にまわり、縁側の脇の戸袋の陰に身を寄せた。そこなら縁先の奥の座敷にいる男たちの話し声が聞こえるはずである。

聞き耳を立てると座敷の話が聞こえてきた。瀬戸物の触れ合うような音がするので、酒でも飲みながら話しているのかもしれない。

……芝蔵、客の入りはどうでえ？

低いしゃがれ声が聞こえた。やはり、芝蔵は座敷にいるようだ。

……客はすくなくねえが、ちかごろ大枚を張るやつがいませんでね。銭の上がりも、いまひとつでさァ。

……まァ、無理をしねえことだな。長く稼ぐことが大事《でえじ》だからな。

……ところで、親分、町方の動きはどうです？

芝蔵が訊いた。

親分と呼んだところからみて、話の相手は仁右衛門とみていいだろう。ここが、仁右衛門の隠れ家にまちがいないようだ。

……なに、心配するこたァねえ。ちかごろの辻斬り騒ぎでな、賭場などに目がいっちゃァいねえよ。

仁右衛門が言った。

「……これも、滝川の旦那のお蔭で。」


つづいて、数人のくぐもったような笑い声が聞こえた。座敷にいる男たちのようだ。

甚八は、滝川が仁右衛門たちとつながっていることを確信した。ただ、滝川がここにいるかどうかは分からなかった。

「……浅《あさ》、ちかごろ妙な男が動いているようだが、正体は知れたかい。」

仁右衛門が訊いた。

「……へい、滝川の旦那と斬っちまうつもりで仕掛けたんだが、逃げられちまったんでさァ。腕の立つ男ですぜ。」

浅と呼ばれた男が言った。

どうやら、浅と呼ばれた男は、正覚寺のそばで滝川といっしょに洋之介と玄次を襲った町人のひとりらしい。甚八は、玄次からそのときの様子を聞いていたのだ。

「……面倒だ。始末しちまいな。」

「……へい、滝川の旦那もそのつもりでいまさァ。」

浅と呼ばれた男が答えた。

ふたりのやり取りから、滝川が座敷にいないことが知れた。滝川がいれば、口をはさむはずである。

それから小半刻（三十分）ほどして、甚八はその場を離れた。男たちの話が、賭場のことや女郎屋の話になったからである。

翌日、甚八はふたたび永代寺門前仲町に足を運んできた。牛け垣をまわした仕舞屋の様子をもうすこし探ってみようと思ったのだ。

甚八は仕舞屋からすこし離れた通りを歩き、話の訊けそうな店に立ち寄って聞き込んだ。仕舞屋の近くを避けたのは、仁右衛門に探っていることが知れると、隠れ家を変えるのではないかと思ったからである。

聞き込みの結果、仕舞屋の住人の様子がだいぶ知れてきた。住んでいるのは、益右衛門《ますえもん》と、その妾のお富《とみ》という女だそうである。益右衛門は日本橋にある呉服屋の隠居という触れ込みで、三年ほど前から仕舞屋に住み着いたそうだ。

おそらく、益右衛門は仁右衛門の偽名であろう。身を隠している者は、本名を名乗らないはずである。

甚八が立ち寄って話を訊いた八百屋の親爺は、

「あそこの旦那の言うことは、眉唾物《まゆつばもん》だぜ。呉服屋の名は言わねえし、やくざ者が出入りしてるようだからな」

と、渋い顔をして言った。

呉服屋の隠居というのも嘘であろう、と甚八も思った。

それから、甚八は滝川のことも訊いたが、親爺は知らなかった。ただ、それらしい牢人が出入りしていることは口にした。

「ところで、浅と呼ばれる男が出入りしているはずだが、なんてえ名だか知ってるかい」

甚八は念のために親爺に訊いてみた。

「そいつは、浅吉《あさきち》だよ」

すぐに、親爺が答えた。

「よく知ってるな」

「耳に入《へえ》ったのだ」

親爺によると、益右衛門がふたりの男を連れて店の前を歩いているとき、いっしょにいた遊び人ふうの男に、浅、と話しかけ、別の若い男が、浅吉兄い、と声をかけたのを聞いたという。

……浅吉か。

甚八は胸の内でつぶやいて、虚空に鋭い目をむけた。しだいに、仁右衛門のことが分かってきたのである。

3

まだ、七ツ（午後四時）前だったが、大川は夕暮れ時のように薄暗かった。空を厚い雲がおおっていたからである。

強風が吹き、大川の川面に無数の白い波頭が立っていた。ふだんは、客を乗せた猪牙舟《ちょきぶね》や荷を積んだ艀《はしけ》などが行き交っているのだが、荒天のせいか、ほとんど船影が見られなかった。

深川佐賀町の大川端を相馬太四郎と杉浦修蔵が歩いていた。ふたりは、舟政にむかっていた。洋之介に会い、その後のことを訊くためである。

「おい、後ろのふたり、永代橋を渡ったときからついてくるぞ」

相馬が杉浦に身を寄せて言った。

「……」

杉浦はそれとなく後ろを振り返って見た。

ふたりとも町人だった。半町ほど後ろを歩いている。ひとりは、縞柄の着物を裾高に尻っ端折りしていた。遊び人ふうである。もうひとりは、黒の半纏に黒股引姿だった。船頭か川並といった感じである。洋之介と玄次がふたりを見れば、滝川たちの仲間だとすぐに分かっただろうが、杉浦たちはふたりを初めて目にしたのだ。

「われらを、尾けているのでしょうか」

杉浦が顔をけわしくして言った。

「案ずることはない。相手は町人だ」

相馬が言った。町人ふたりで、武士である自分たちを襲うなどとは思ってもみなかったのである。

大川端には、ぽつぽつと人影があった。雨が降ってくる前に家へ帰ろうと思うのか、急ぎ足で通り過ぎる者が多かった。

「相馬さま、橋の先に人影があります」

見ると、油堀にかかる下ノ橋の先の川岸に人影があった。そこは柳の樹陰で、黒い人影がかすかに識別できるだけだった。武士なのか町人なのかも分からない。

「武士のようだな」

近付くと、人影は袴姿で刀を差しているのは分かった。

「辻斬りかもしれませんよ」

「滝川か！」

相馬の顔がこわばった。

だが、相馬は足をとめなかった。滝川だったとしても、杉浦とふたりでかかれば、何とかなると踏んだのである。

相馬たちが下ノ橋を渡り始めたとき、樹陰にいた男がゆっくりとした足取りで、通りへ出てきた。牢人体《てい》である。総髪で、黒鞘の大刀を一本落とし差しにしていた。

「滝川だ！」

相馬は、中背で胸の厚い体軀に見覚えがあった。国許にいるとき目にした滝川の体軀である。

そのとき、背後から駆け寄る足音がした。振り返ると、走り寄るふたりの町人の姿が目に入った。ふたりは右手を懐につっ込み、すこし前屈みの格好で相馬たちに迫ってくる。ふたりの身辺に殺気があった。懐に匕首を呑んでいるようだ。

「相馬さま、われらを襲う気です！」

杉浦が昂《たかぶ》った声で言った。

「挟み撃ちか」

「相馬さま、逃げましょう」

「よし」

相馬も、ここは逃げるしかないと思った。相馬か杉浦かが、町人ふたりを相手にせねばならない。その間に、ひとりが滝川に斃《たお》されるかもしれない。そうなると、ふたりとも仕留められてしまうのだ。

「突破して舟政まで走るのだ！」

舟政は遠くなかった。舟政まで走れば、洋之介がいるはずである。

「承知！」

言いざま、杉浦が刀を抜きはなった。

相馬も抜き、ふたりは八相に構えて滝川に迫った。背後の町人ふたりも、懐から取り出した匕首を手にして後を追ってくる。ただの町人とは思えなかった。ふたりの身辺に、牙を剝いた狼のような雰囲気がある。

「くるか！」

滝川が抜いた。すぐに上段霞に構え、全身に気勢を込めた。相馬たちふたりを迎え撃つつもりらしい。

杉浦と相馬の刀身が、淡い闇を切り裂くように滝川に迫っていく。

滝川と相対したのは杉浦だった。杉浦は八相に構えたまま、滝川に急迫した。八相から一撃みまい、滝川がかわしたところをすり抜けて突破するつもりだったのだ。

イヤアッ！

杉浦は甲走《かんばし》った気合を発し、滝川との斬撃の間合に迫った。

と、滝川の全身に斬撃の気が疾《はし》った。

キエエッ！

猿声のような気合が静寂を破り、滝川の体が飛鳥《ひちょう》のように跳躍した。瞬間、滝川の刀身が杉浦の頭上で流星のようにひかった。

刹那、杉浦は眼前で刃唸りの音を聞いた。次の瞬間、杉浦は頭を横に倒しながら、八相に構えた刀を振り上げた。真っ向にくる滝川の斬撃を受けようとしたのである。

杉浦の刀がかすかに滝川の刀身に触れたが、間に合わなかった。

杉浦は左肩に焼き鏝《やごて》を当てられたような強い衝撃を覚えた。

……斬られた！

と、頭のどこかで感じた。

左腕が、だらりと垂れたまま動かない。肩口から血がほとばしり出ている。咄嗟に頭を横に倒したため、滝川の切っ先で肩を斬られたらしい。

杉浦は夢中で逃げた。逃げるしか、助かる手はないと思ったのだ。すこし前を、相馬が逃げていく。

「待て！」

背後から追ってくる足音が聞こえた。複数である。滝川と町人ふたりが追ってくるらしい。

杉浦の足がふらついた。肩先からの出血が激しく、左の袖から血が滴り落ちている。

「杉浦、足をとめるな！」

相馬が叱咤《しった》するような声で言った。

そのとき、前方から歩いてくる数人の人影が見えた。道具箱を担いでいる者がいる。大工たちらしい。

「辻斬りだ！」

走りながら、相馬が叫んだ。

大工たちが、驚いたように足をとめた。前方に相馬と杉浦、さらに後を追ってくる三人の姿が見えたのだろう。

「つ、辻斬りだ！」

大工たちのひとりが叫んだ。顔が恐怖でひき攣《つ》っている。

刀をひっ提げ、血まみれになっている杉浦の姿を見て恐怖を覚えたようだ。大工たちは杉浦と相馬も辻斬りの仲間と思ったのかもしれない。

大工たちは道具箱を路傍に放りだし、悲鳴を上げながら逃げだした。杉浦と相馬から逃げようとしているようだ。

だが、これを見て滝川たちの足がとまった。騒ぎを聞きつけて、通り沿いの店から顔を覗かせる者がいたからである。

……助かった！

と相馬は思い、足をとめた。

杉浦も足をとめ、苦しそうに喘《あえ》ぎ声を上げている。着物の胸まわりと左袖がどっぷりと血を吸い、赤く染まっていた。顔が土気色をしている。

大工たちの後ろ姿は遠くなった。まだ、走るのをやめずに逃げていく。

「杉浦、しっかりしろ。舟政はすぐだ」

相馬は杉浦に身を寄せ、右腕を取って体を支えてやった。

4

洋之介は、二階の自分の部屋で酒を飲んでいた。半刻（一時間）ほど前、ひとりで横に

なっていると、おみつが、二階に上がってきて、

「これで、一杯やっててくださいな」

と言って、酒を入れた貧乏徳利と湯飲みを置いていってくれたのだ。

洋之介が二階で酒を飲んでいると、階段を上がってくる足音がした。おみつらしい。何かあったらしく、足音があわただしかった。

「旦那、旦那！」

障子の向こうで、おみつの甲高い声が聞こえた。

洋之介はすぐに立ち上がり、障子をあけた。

「どうした」

「杉浦さまが、怪我を……」

おみつが蒼ざめた顔で言った。

「下にいるのか」

「はい」

「すぐ行く」

洋之介は廊下に出ると、階段を駆け下りた。慌てて、おみつがついてきた。

戸口ちかくの飯台に、杉浦が腰を下ろしていた。脇に、相馬が悲痛な顔をして立ってい

る。杉浦は胸と左腕が真っ赤に染まっていた。顔色も悪い。深手のようだ。

杉浦のそばに、梅吉と寅六の姿もあった。ふたりは、顔をこわばらせて杉浦の傷口に目をやっている。

「海野どの、やられた！　滝川に」

相馬が洋之介の顔を見るなり言った。

「ともかく、手当てせねば」

洋之介は杉浦の傷を見た。

左の肩先から二の腕にかけて斬られたようだ。骨が截断《せつだん》されているのか、折れているのか分からなかったが、左腕は垂れたままである。

「近くに医者はいるか」

洋之介が、おみつに訊いた。

「東斎《とうさい》先生が、清住町《きよすみちょう》に」

おみつが言うと、

「あっしが呼んできやすぜ」

寅六がそう言い残して、戸口から飛び出していった。

清住町は、大川沿いの道を上流にむかえばすぐである。

「ともかく、血をとめよう」

洋之介は、早く出血をとめないと杉浦の命があやういと見た。

相馬に手伝ってもらい、土間の先の板敷の間に杉浦を横にならせた。

「おみつ、晒と手ぬぐいを持ってきてくれ」

「はい」

すぐに、おみつがその場を離れた。居間に晒があるはずである。

洋之介は、相馬にも手伝ってもらい、できるだけ杉浦を動かさないようにして、小刀の切っ先で左袖を切り取って傷口をあらわにした。

ザックリと肩口が割れ、血がほとばしり出ていた。

「すぐに、血をとめねば」

血を拭き取ったりする余裕はなかった。ともかく、傷口を強く押さえて、止血するのである。

「これを、使って」

おみつが、晒と手ぬぐい、それに古い浴衣《ゆかた》を持ってきた。

洋之介はすばやく晒を折り畳み、傷口に当てると、

「相馬どの、杉浦どのの体を後ろからすこし持ち上げてくれ」

と、頼んだ。肩口を強く縛るためには、肩から腋に晒を幾重にも巻かねばならないのだ。

傷口に当てた晒が、見る間に出血で赤く染まっていく。

「分かった」

すぐに、相馬が杉浦の頭の近くに腰を沈め、両腕を杉浦の背に差し入れて上半身をもたげさせた。

杉浦が顔をしかめて、低い呻き声を上げた。傷が痛むようだ。

洋之介はすばやい手付きで、晒を肩から腋に幾重にもまわして強く縛りつけた。傷口がふさがれば、出血の勢いはとまるはずだ。

「これでよし」

洋之介の額に汗が浮いていた。晒を見ると、まだ血が染み出してくるが、いくぶん出血が収まってきたようである。

洋之介の応急手当てが済んで、いっときすると寅六が東斎を連れてきた。

東斎は杉浦の傷口に巻かれた晒を見て、

「これでは、わしのやることはないな」

と言って、苦笑いを浮かべた。

東斎は肩の傷はそのままにし、杉浦の左腕をつかんでもたげたが、杉浦が苦痛の声を上げたので、すぐに下ろしてしまった。

「骨が折れておるようじゃ。動かさん方がいいな」

そう言って、東斎は、何か腕に当てる硬い物はないかな、と洋之介に訊いた。

「硬い物と言われても……。脇差の鞘は？」

いま、身のまわりにあるのは鞘だけである。

「よかろう」

「………」

洋之介はすぐに脇差を抜いて、鞘だけを東斎に手渡した。

東斎は、肩口を動かさないように左腕を取り、鞘を当てると、洋之介にも手伝わせて晒を巻いた。

「これでよし」

「先生、肩の傷はどうでしょう」

相馬が訊いた。

「念のため、金創膏を置いていく。出血が収まったら、金創膏を塗って縛りなおすとよいな」

そう言って、東斎が腰を上げた。

戸口まで、洋之介が送っていくと、

「今夜が、やまだな」

と、東斎が洋之介の耳元でささやいた。


その夜、洋之介と相馬は杉浦の枕元に座し、寝ずに過ごした。

杉浦は夜更《よふけ》まで苦しそうな呻き声を洩らしていたが、明け方ちかくなって眠ったようだった。

戸口の腰高障子が白んできたころ、杉浦が目をあけた。そして、枕元に座っている洋之介と相馬を見ると、

「そ、それがしのために寝ずに……。かたじけのうござる」

と、声をつまらせて言った。涙ぐんでいる。洋之介と相馬が寝ずに看病していてくれたことに心を打たれたようだ。

……峠を越したようだ。

と、洋之介は胸の内でつぶやいた。

土気色をしていた杉浦の顔に、朱が差していた。それに、肩口の出血もとまったらしく、赭《あか》黒い血の色だけで鮮血のひろがりはなかった。

相馬の顔にも安堵の表情が浮いている。

5

杉浦が深手を負った二日後、御家人の戸田弁之助が顔色を変えて、舟政にやってきた。戸田は昨日、釣客として舟政にあらわれ、寅六の舟で江戸湊に出たのだ。そして、狙いの石首魚《いしもち》にくわえ、鰈《かれい》を数匹釣り上げて喜んで帰ったばかりである。

戸田は店先にいたおみつに、

「海野どのは、いるかな」

と、顔をこわばらせて言った。

「いますよ、呼びましょうか」

「そうしてくれ」

おみつは、すぐに二階の座敷にいた洋之介に戸田が来たことを伝えた。

階段から下りてきた洋之介は、戸田の顔を見ると、

「戸田どの、昨日は大漁だったそうだな」

と、目を細めて言った。寅六から、戸田の釣行の様子を聞いていたのだ。

「今日は、釣りの話で来たのではないのだ。海野どのの耳に入れときたいことがござってな」

戸田が困惑したような顔をして言った。

「外で聞こうか」

洋之介は、おみつに聞かせない方がいいと思った。

洋之介は戸田を桟橋に連れていった。人影はなかった。三艘の猪牙舟が舫ってあり、波に揺れてチャプチャプと水音をたてている。

「話というのは？」

洋之介が切り出した。

「さ、昨日、舟政からの帰りのことなのだ。御舟蔵《おふなぐら》の脇で、うろんな牢人に呼びとめられてな」

そこまで話し、戸田が上目遣いに洋之介を見た。

御舟蔵は、今川町から大川端を川上にむかって歩けば、すぐである。戸田の屋敷は本所にあったので、帰りの道筋であろう。

「それで？」

洋之介が先をうながした。

「いきなり、牢人に切っ先を突き付けられ、おれの訊くことに答えねば、命はないと脅されたのだ。それで、話してしまったのだ」

戸田は眉宇を寄せて視線を落とした。

「何を話したのだ」

その牢人は、滝川ではないか、と洋之介は思った。

「舟政に、怪我をした武士がいないか訊かれたのだ」

戸田は、武士が何者かに斬られて舟政に運び込まれて手当てを受けたことなどを話したという。戸田は、釣りに出たおり、寅六から話を聞いていたそうだ。

「寅六はおしゃべりだからな」

洋之介は苦笑いを浮かべた。

「それだけではないのだ。おぬしのことも訊かれ、しゃべってしまったのだ」

戸田が、顔を曇らせて言った。

「何を訊かれた」

「牢人のようだが、生業《なりわい》は何なのだとな」

「それで?」

「牢人ではない。隠居だと答えた」

戸田は、洋之介が江崎藩の家臣だったこと、倅に跡を継がせて隠居し、舟政の居候をしているこことなどをかいつまんで話したという。

「江崎藩の家臣だったことを話したのか」

まずい、と思った。これで、滝川は、洋之介が上意により、江崎藩士とともに自分を討とうとしていることに気付くだろう。

「話しては、まずかったかな」

「いや、かまわん」

戸田に、上意のことなど言えなかった。

「実は、後で気付いたのだが、その牢人は、舟政で傷の手当てを受けた武士を狙っているのではないかと思ったのだ。……それで、おぬしに話しておいた方がいいと思って、こうして足を運んできたわけだ」

「うむ……」

当然、滝川は怪我を負った杉浦が舟政にいると知れば、命を狙ってくるだろう。

「やはり、まずかったようだな」

戸田は困惑したような顔をして、肩を落とした。

「なに、気にすることはない。怪我をした男は、明日にも藩邸に引き取ってもらうことにしているのだ。牢人が、舟政に来ても、もぬけの殻だ」

洋之介は、戸田を元気付けるように言った。いずれにしろ、杉浦を舟政に置いておくことはできないと思っていたのだ。

「そうか」

戸田は愁眉をひらいた。

洋之介は戸田が帰ると、すぐに舟政を出た。愛宕下《あたごした》にある江崎藩の上屋敷に行き、相馬に会ってことの次第を伝え、杉浦を引き取ってもらおうと思ったのである。

翌日の午後、陸尺《ろくしゃく》に駕籠をかつがせ、相馬だけでなく大目付の岡倉も舟政に姿を見せた。その駕籠で、杉浦を藩邸まで運ぶのであろう。

「どうだな、杉浦の具合は」

岡倉が、洋之介の顔を見るなり訊いた。

「命に別条はございませぬ。……岡倉さま、ともかく、お上がりくだされ」

洋之介は舟政の戸口で立ち話をするわけにもいかなかったので、岡倉と相馬を二階の座敷に上げた。

洋之介たち三人が、二階の座敷に腰を落ち着けていっときすると、おみつが茶を運んできた。

「女将、いつもすまんな」

岡倉がおみつに声をかけた。

岡倉は何度か舟政に来ていたので、おみつとは顔見知りだったのだ。

「お気になさらず、ごゆっくりなさってくださいまし」

おみつは、座敷の隅で両手をついて頭を下げると、そそくさと座敷から出ていった。怪我を負った杉浦にかかわる話で来ていると分かっているのだ。

「杉浦は藩邸で引き取って養生させるが、これでは、滝川を討つどころかみな返り討ちに遭うぞ」

岡倉が渋い顔をして言った。

「…………」

洋之介は黙っていた。岡倉の言うとおりなのだ。

「滝川が遣い手であることは分かっている。……討っ手の人数を増やそうと思っているが、どうだな」

岡倉が洋之介に訊いた。

「増やしても同じでございましょう」

戸川や杉浦のように、滝川の兇刃《きょうじん》を浴びるだけだ、と洋之介は思った。

「海野と相馬のふたりで、滝川を討つというのだな」

「いかさま」

そう言って、洋之介が相馬に目をやると、けわしい顔でうなずいた。相馬にも、何としても自分と洋之介の手で滝川を討ちたいという気持ちがあるのだろう。

「うむ……」

岡倉は口をとじ、虚空に視線をとめている。

「滝川の隠れ家を探っておりますので、いずれ、こちらから仕掛けられましょう」

洋之介が言い添えた。

「ならば、ふたりにまかせよう」

岡倉がうなずいた。

6

……やつだ！

甚八が胸の内で声を上げた。

滝川と思われる総髪の牢人が姿を見せたのだ。牢人は中背で胸が厚く、腰が据わっていた。黒鞘の大刀を一本落とし差しにしている。洋之介や玄次から聞いていた滝川の体軀である。

牢人はひとり、芝蔵の賭場のある仕舞屋の戸口へむかっていく。

甚八は賭場の戸口の見える笹藪の陰に身を隠し、滝川が姿をあらわすのを待っていたのだ。芝蔵の跡を尾けて、仁右衛門の隠れ家はつきとめたが、肝心の滝川の塒《ねぐら》が分からなかったのである。

牢人は、仕舞屋の戸口からなかへ入っていった。

……さて、どうするか。

牢人は、すぐには出て来ないだろう、と甚八は思った。博奕を打つにしろ、振る舞い酒を飲むにしろ、一刻（二時間）ほどは賭場にいるだろう。

まだ、暮れ六ツ（午後六時）を過ぎたばかりだった。辺りは淡い暮色に染まっていたが、頭上の空にはまだ青さも残っている。

……めしでも食うか。

今日の尾行は、長丁場になるはずだ。甚八は、とりあえず腹ごしらえをしておこうと思った。

甚八は懐から黒布の包みを取り出した。竹の皮につつんだ握りめしが入っている。甚八は長丁場になることも予想して、自分で握りめしを作り、持参してきたのだ。腰につるした瓢《ふくべ》には、水も入っている。盗人だったときから、長丁場になると思われるときは、めしと水を持ち歩くようにしていたのだ。

それから一刻（二時間）ほど過ぎた。滝川と思われる牢人は、なかなか姿をあらわさなかった。辺りは夜陰につつまれ、澄んだ夜空で三日月が鎌の刃のように冷たくひかっている。

さらに一刻ほど過ぎ、

……今夜は、賭場に泊まるのかもしれねえ。

と、甚八が思い始めたとき、戸口に人影があらわれた。

戸口から洩れる灯に浮かび上がった人影は、牢人だった。総髪で大刀を一本落とし差しにしている。

……やっと、おでましだぜ。

滝川と思われる牢人にまちがいなかった。

牢人は戸口で町人体の男と何やら話していたが、ふたりはそのまま戸口から通りへ出てきた。ふたりは別れることもなく、肩を並べて歩きだした。町人は小袖を裾高に尻っ端折りし、両脛をあらわにしていた。遊び人ふうの男である。

……やつが、浅吉かもしれねえ。

月光に浮かび上がった町人の顔は、面長で顎がとがっていた。容貌は玄次から聞いていたし、浅吉の名は八百屋の親爺から耳にしていたのだ。おそらく、浅吉は牢人より早く賭場に入っていたのだろう。

甚八は、ふたりが半町ほど遠ざかってから笹藪の陰から出た。ふたりの跡を尾けるのである。

ふたりは、油堀沿いの通りを富ケ岡八幡宮の方へむかって歩いていく。甚八は闇に溶ける黒装束で来ていたので、尾行は楽だった。

材木町を過ぎると、ふたりの前方に富岡橋が見えてきた。

……仁右衛門の塒へ行くのか。

富岡橋を渡った先に、仁右衛門の住む仕舞屋があるのだ。

だが、そうではなかった。ふたりは材木町を過ぎて別の掘割にかかる丸太橋を渡ると、左手にまがったのだ。そこは、富久町《とみひさちょう》である。

ふたりは路地をいっとき歩くと、慣れた様子で路地沿いにあった仕舞屋に入っていった。板塀をめぐらした借家らしい建物である。

……ここが、滝川の塒だ！

甚八は胸の内で声を上げた。やっと、滝川の塒と思われる家をつきとめたのである。

甚八は足音を消して板塀に身を寄せ、なかの様子をうかがった。

板塀の節穴からなかを覗くと、障子が明らんでいるのが見えた。どうやら、家のなかにだれかいたらしい。廊下を歩く足音がし、男のくぐもったような話し声が聞こえた。障子の明らんでいる部屋に、ふたりは入ったらしい。

聞き耳を立てると、男たちのくぐもった声が聞こえた。はっきりしないが、何とか話が聞き取れる。

しばらく、三人は賭場や酒の話をしていたが、

……浅吉、杉浦はどうした。

という声が、聞こえた。牢人が訊いたようだ。やはり、浅吉である。

……舟政から、駕籠で出たようですぜ。

と、男の声がした。浅吉が答えたのだろう、

……滝川の旦那、先に舟政の居候を片付けちまったらどうです。

低い声だった。浅吉とは別の声である。思ったとおり、牢人は滝川であった。

……そうだな。

いっとき、会話がとぎれたが、

……兄い、賭場へは行かねえんですかい。

と、浅吉が訊いた。家にいた別の男に訊いたようだ。浅吉の兄貴格のようである。

……おれは、博奕は好かねえ。

兄いとよばれた男が、低い声で答えた。

それから、三人の男はまた賭場や酒の話を始めたが、しばらくして会話がとぎれたとき、

……寝るか。

と滝川が声をかけ、二人の男の立ち上がる気配がした。

甚八は三人が座敷を出る足音を聞くと、板塀の陰から身を離した。それ以上、その場にひそんでいても仕方がないのである。


翌日、甚八はふたたび富久町に足を運び、念のために仕舞屋のことを聞き込んだ。その結果、仕舞屋には、三年ほど前から浅吉と浜次郎《はまじろう》という男が住んでいたことが分かった。浅吉が、兄いと呼んでいた男が浜次郎であろう。

また、滝川が仕舞屋に住むようになったのは最近らしかった。ただ、数人の男から話を訊いたが、滝川の名を知る者はいなかった。得体の知れぬ牢人、と口にしたのだ。それだ

け、滝川は近所の住人と接触していないのであろう。
……とりあえず、海野の旦那の耳に入れておくか。
甚八は、洋之介に滝川の隠れ家のことを伝えておこうと思った。

第五章　仁右衛門斬り

1

洋之介は真剣を手にしてひとり立っていた。舟政の裏手にある雑草におおわれた空き地である。

洋之介は切っ先を後ろにむけ、鍔元《つばもと》を腰にとった。甲源一刀流の隠剣《おんけん》の構えである。脳裏に描いた滝川は、四間ほどの間合をとって上段霞に構えていた。背後にむけられた刀身は見えなかったが、そのまま真っ向へ斬り込んでくるような威圧がある。

洋之介は甲源一刀流の秘剣、水車で、滝川の遣う霞斬りを破るべく、この場に来て独り稽古をしていたのだ。

曇天で、風があった。足元の雑草がザワザワと揺れている。

……滝川、行くぞ！

洋之介は胸の内で声を上げ、爪先で叢《くさむら》を分けながら間合をつめ始めた。

すかさず、脳裏に描いた滝川も仕掛けてきた。上段霞に構えたまま足裏を摺るようにして身を寄せてくる。

ふたりの間合が一気にせばまった。

洋之介が先に仕掛けた。

イヤアッ！

裂帛《れっぱく》の気合を発し、隠剣から刀身を回転させて滝川の真っ向へ。水車の初太刀である。

間髪をいれず、滝川の体が跳躍した。

キエエッ！

猿声のような気合を発し、滝川が跳躍しざま上段霞から真っ向へ斬り込んできた。

真っ向と真っ向。

ふたりの刀身が、甲高い金属音とともにはじき合った。

次の瞬間、洋之介は身を引き、滝川はふたたび真っ向へ斬り込んできた。神速の連続技である。

……斬られた！

と、洋之介は感じた。

脳裏に、頭を斬り割られ血まみれになって倒れる己の姿が浮かんだ。

一瞬、洋之介は刀身を払って滝川の斬撃を受け流そうとしたが、間に合わなかったのだ。

……だめだな。

洋之介は胸の内でつぶやいた。

水車が秘剣たる所以《ゆえん》は、前に踏み込みながら刀身を水車のように連続して回転させ、敵を追いつめるところにあるのだが、いまのままでは連続して回転させる前に、滝川の斬撃を頭に受けてしまうのだ。

……いま一手。

ふたたび、洋之介は脳裏に描いた滝川と対峙し、隠剣に構えた。

それから、小半刻（三十分）ほど、洋之介は滝川と対戦したが、滝川の連続して真っ向へくる斬撃をかわしきれなかった。

洋之介が刀を下ろして一息ついたとき、小暮の言葉がよみがえった。

「初太刀の打ち込みで、敵の体勢をくずさねば、二の太刀を浴びるぞ」

小暮はそう言ったのだ。

……初太刀が勝負なのかもしれん。

と、洋之介は気付いた。

ふたたび、洋之介は脳裏の滝川と対峙した。

洋之介は隠剣に構えると、素早い足捌《さば》きで滝川との間合をつめ、鋭い気合とともに刀身を大きく回転して真っ向へ斬り込んだ。一太刀で、敵の頭を斬り割るような渾身の一刀だった。

間髪をいれず、滝川が上段霞から真っ向へ斬り込んできた。

キーン、という甲高い金属音がひびき、ふたりの刀身がはじき合った。

瞬間、滝川の体が揺れた。洋之介の剛剣に押され体勢がくずれたのである。だが、滝川はすぐに体勢を立て直し、二の太刀を真っ向へふるってきた。

洋之介は背後に下がりざま刀身を払って、滝川の二の太刀を受け流した。

……かわせた！

滝川の二の太刀を浴びずに済んだのである。滝川が体勢をくずしたため、わずかに二の太刀が遅れたのだ。ただ、滝川の二の太刀をかわせただけで、水車で滝川を斃《たお》したわけではない。

洋之介はさらに隠剣に構え、脳裏に描いた滝川を相手に水車の独り稽古をつづけた。

しばらくすると、洋之介の小袖は汗でびっしょりになった。顔や首筋を汗が流れ落ちている。それでも、洋之介は真剣を振りつづけた。滝川の霞斬りを破らないと、己が頭を割られて死ぬのである。

洋之介が空き地に来て、一刻（二時間）ほども過ぎただろうか。背後に近付いてくる足音が聞こえたので、洋之介は刀を納めて振り返った。

甚八だった。甚八は小袖を尻っ端折りし、股引をはいていた。ふだん町筋を歩く格好である。

「旦那、剣術の稽古ですかい」

甚八が近寄ってきた。

「滝川を討たねばならんのでな。それで、何か分かったのか」

甚八は滝川たちのことで何かつかみ、洋之介に報《し》らせに来たのであろう。

「へい、滝川の隠れ家が分かりやした」

甚八がくぐもった声で言った。

「分かったか」

さすが、甚八である。

「借家らしい家に、浅吉と浜次郎という男が住んでやしてね。そのふたりの塒《ねぐら》に、滝川がもぐり込んだようでさァ」

甚八は、浅吉が面長で顎のとがった男であることを言い添えた。

「そのふたり、滝川といっしょにおれたちを襲った男だな」

洋之介は、顎のとがった男が浅吉で、もうひとりの半纏を羽織っていた男が浜次郎であろうと思った。

「やつらの塒は、仁右衛門が身を隠している家と近いんでさァ」

甚八は、仁右衛門の塒が冬木町ではなく永代寺門前仲町で、滝川たちのそれが富久町であることを話した。

「滝川たちは仁右衛門から依頼され、殺しに手を染めているのではないかな」

「あっしも、そうみやした」

「うむ……」

洋之介は、滝川だけを斬るのはむずかしい気がした。いっしょにいる浅吉と浜次郎も、歯向かってくるはずである。ふたりとも町人だが、あなどれない相手だった。

「それに、滝川たちは、旦那を先に狙うと言ってやしたぜ」

甚八がけわしい顔で言った。

「いずれにしろ、早く滝川たちを討たねばならんな」

滝川だけでなく、生かしておいたら仁右衛門も洋之介や甚八たちの命を狙ってくるかもしれない。

2

洋之介が桟橋に目をやると、舫《もや》ってある猪牙舟に玄次と甚八の姿があった。玄次が艫《とも》で棹を握り、甚八は船底に腰を下ろしていた。ふたりは洋之介が来るのを待っていたようである。

暮れ六ツ（午後六時）の鐘が鳴るころで、西の空には残照がひろがっていた。仙台堀の水面も、残照が映じて茜色に染まっている。

舟政の桟橋には、数艘の猪牙舟が舫ってあったが、玄次と甚八の他に人影はなかった。寅六や梅吉は半刻（一時間）ほど前に、釣場から舟政に戻っている。いまごろは、釣った魚を肴にして、一杯やっているころだろう。

「旦那、乗ってくだせえ」

玄次が声をかけた。

洋之介が舟に乗り込み、甚八の隣に腰を下ろすと、玄次が舫い綱をはずし、桟橋から舟を離した。

洋之介たちの乗る舟は、大川へむかっていく。

「旦那、先にどこへ行きやす」

玄次は棹を櫓に替えている。舟の水押しが水を切る音と、ギシギシと櫓を漕ぐ音だけがひびいていた。

「先に、仁右衛門の隠れ家を見てみるか」

洋之介は、仁右衛門と滝川の隠れ家を見てから、どう仕掛けたらいいか策を練ろうと思っていた。舟で行くことにしたのは、両方の隠れ家が油堀の近くにあると聞いたからである。それに、歩いて行くと、滝川たちに狙われる恐れがあった。浅吉や浜次郎の目が舟政にもむけられ、尾行されないともかぎらないのだ。

「承知しやした」

大川に出た舟は水押しを川下にむけると、流れにまかせ、永代橋の手前で左手の油堀に入った。

辺りを夕闇がおおい、堀沿いの表店は大戸をしめていた。それでも、堀沿いの通りには、ちらほら人影があった。居残りで仕事をした出職の職人や仕事帰りに一杯ひっかけたらしい船頭などが、足早に通り過ぎていく。

材木町を過ぎ、前方に富岡橋が見えてきたところで、

「橋をくぐったら、右手に着けてくんな」

と、甚八が玄次に声をかけた。

「その船寄に着けやすぜ」

玄次は富岡橋をくぐるとすぐ、右手に船寄があるのを目にして舟を寄せた。

船縁が船寄に着くと、

「下りてくだせえ」

と、玄次が声をかけた。

そして、近くにあった杭に舫い綱をかけ、洋之介たちにつづいて舟から下りた。

「いい頃合だな」

船寄から通りに上がったところで、洋之介が空を見上げて言った。

上空は藍色を帯び、かすかに星のまたたきも見えた。堀沿いの通りはひっそりとして、濃い暮色につつまれている。辺りに人影はなく、まばらにある表店は大戸をしめていた。聞こえてくるのは、掘割の水が汀《みぎわ》の石垣を打つ音だけである。

洋之介たちが、夕闇が濃くなってからここに来たのは、仁右衛門や滝川たちに姿を見られないためであった。

「甚八、案内してくれ」

「へい」

甚八が先に立って歩きだした。

いっとき歩くと、甚八は路傍に足をとめ、

「あの家でさァ」

と言って、生け垣をめぐらした仕舞屋を指差した。

思ったより大きな家だった。五、六間《ま》はあるだろうか。仁右衛門の子分も住んでいるのであろう。

「近付いてみよう」

洋之介たちは足音を忍ばせて生け垣に近付き、通りから見えないところに身を隠した。

生け垣の隙間からなかを覗くと、庭の先の座敷の障子が明らんでいた。そこから、くぐもったような話し声が洩れてきた。五、六人で話しているようである。他の部屋にも明りが点っているので、そこにもだれかいるとみた方がいいだろう。

洋之介たちはいっとき聞き耳を立てていたが、

「仁右衛門が、いるようですぜ」

甚八が、小声で言った。仁右衛門の声を覚えていて聞き分けたらしい。甚八は夜目《よめ》も利くが、耳もよかった。

「滝川はいるか」

洋之介が訊いた。

「いねえようです」

甚八によると、武家言葉を遣う者はいないという。

「仁右衛門といっしょにいるのは、子分たちだな」

「そのようで」

「総勢、七、八人はいそうだぞ」

芝蔵の手先もいるのかもしれない。いずれにしろ、仁右衛門を始末するときは、子分たちも相手にせねばならないだろう。

それから、いっときして洋之介たちは生け垣のそばから離れた。次は、滝川たちの隠れ家である。

「近いから、歩いて行きやしょう」

そう言って、甚八が先に立った。

油堀沿いの道をいっとき歩き、富久町に入ると、甚八は油堀につながっている別の掘割沿いの道に足をむけた。

そして、通り沿いにあった板塀をめぐらした家の板塀の陰に身を寄せた。小体な借家らしい建物である。

「ここでさァ」

甚八が声をひそめて言った。

板塀に身を寄せて聞き耳を立てると、くぐもった男の声が聞こえてきたが、洋之介には何を話しているのかまったく分からなかった。

いっとき聞き耳を立てていた甚八が、

「滝川がいるようですぜ」

と、言った。武家言葉が聞こえたという。それに、町人がふたりいるらしく、声がちがうそうだ。

「浅吉と浜次郎にちがいねえ」

甚八が言い添えた。

「やはり、浅吉と浜次郎もいっしょか」

洋之介は、滝川ひとりでなく浅吉と浜次郎も討つことになりそうだと思った。

それから、洋之介たちは板塀沿いを歩き、念のために滝川たちの逃げ道や戦いの場などを見ておいた。裏手に人目につかない空き地があった。雑草でおおわれている。

……滝川と立ち合う場所は、この空き地しかない。

と、洋之介は思った。

洋之介たちは身をひそめていた場所にもどると、

「よし、離れよう」

と言って、板塀の陰から通りへ出た。

「舟に帰《けえ》りやすか」

玄次が訊いた。

「舟政にもどろう」

洋之介は、これから仁右衛門と滝川を討つ策を考えようと思った。

3

……仁右衛門を討つのは厄介だ。

と、洋之介は思った。

相馬や江崎藩の家臣の手は借りたくなかったし、かといって洋之介、甚八、玄次の三人で、隠れ家に踏み込んで討つのはむずかしい。手下たちは町人とはいえ、喧嘩慣れした男である。下手に仕掛けると、返り討ちに遭う恐れがあるのだ。

洋之介は舟政にもどる舟の上で、甚八と玄次に仁右衛門の隠れ家に踏み込んで討つのはむずかしいことを話すと、

「旦那、仁右衛門だけ始末すりゃァいいんでしょう」

と、玄次が櫓を漕ぎながら訊いた。

「そうだ。残った子分たちが、おれたちに手を出すようなことはないはずだ」

洋之介の狙いはあくまでも滝川だが、仁右衛門を生かしておくと、洋之介や甚八たちが狙われる恐れがあるので、始末しておくのである。

「芝蔵はどうしやす」

船底に腰を下ろしている甚八が訊いた。

「芝蔵も、始末するつもりはないな。仁右衛門の右腕らしいが、仁右衛門が死ねばおれたちに手を出すようなことはないだろう。もっとも、町方はどう動くか知らんぞ」

町方も、仁右衛門と滝川が始末されたのを知れば、自分たちも殺されるかもしれないという恐怖心が払拭《ふっしょく》され、芝蔵や残った子分たちを捕らえようとするかもしれない。

「仁右衛門だけなら、やつが隠れ家を離れたときを狙ったらどうです」

甚八が言った。

「隠れ家を見張るのか」

仁右衛門は、いつ隠れ家を出るか分からない。ずっと、見張りをつづけるのは至難である。それに、隠れ家のまわりには子分の目があるだろう。張り込みがばれて、逆に滝川たちに襲われるかもしれない。

「あっしらが、見張りやすよ」

甚八が脇にいる玄次に目をやると、玄次もうなずいた。

「気付かれたら命はないぞ」

「旦那、どじは踏みやせんや」

今度は、玄次が言った。

そんなやり取りがあって、甚八と玄次が仁右衛門の隠れ家を見張ることになった。

一方、洋之介は仁右衛門と滝川を討つまでの間、舟政を出ることにした。滝川たちが洋之介の命を狙い、舟政を見張っている恐れがあったからである。洋之介は、舟政に滝川たちが乗り込んできてもかまわなかったが、おみつや仙太がとばっちりを受けることは避けたかったのだ。

洋之介は岡倉に事情を話し、しばらくの間、本所林町《ほんじょはやしちょう》にある繁田弥之助《しげたやのすけ》という江崎藩士の住む町宿に同宿させてもらうことにした。

ところが、洋之介が相馬に、しばらく舟政を出て町宿に住むことを伝えると、相馬が洋之介と同宿したいと言い出し、相馬も繁田の許《もと》に住むことになった。相馬にすれば、洋之介と同居していた方が何かと都合がよかったのである。

なお、町宿とは江戸勤番の家臣が藩邸内に入り切れない場合、市中の借家などを借りて住むことである。


洋之介と相馬が繁田の町宿に同居するようになって四日後、甚八と玄次が洋之介の許に姿をあらわした。

「川沿いを歩きながら話そう」

洋之介は、町宿の近くを流れている竪川《たてかわ》沿いの道へ甚八たちを連れていった。繁田のいないところで、話そうと思ったのである。

「何かつかんだのか」

洋之介が、川沿いの道を歩きながら訊いた。

「へい、仁右衛門は隠れ家を出ることがありやすぜ」

甚八が小声で言った。

「ほう」

「三日に一度ほど、情婦《いろ》のところへでかけるようでさァ」

甚八と玄次が話したことによると、仁右衛門はおれんという情婦に料理屋をやらせ、三日に一度ほど、お忍びででかけているそうだ。その料理屋は、隣町の永代寺門前町にあるという。仁右衛門は入船町で情婦のおきよに相模屋という料理屋をやらせていたが、他にもおれんがいたのである。

「よく分かったな」

「仁右衛門を尾けたんでさァ」

玄次が言った。

暗くなってから、仁右衛門は子分に提灯を持たせて隠れ家を出たという。跡を尾けると永代寺門前町にある福乃屋《ふくのや》という料理屋に入ったそうだ。翌日、玄次と甚八のふたりで福乃屋の近くで聞き込み、女将が仁右衛門の情婦らしいことと、三日に一度ほど店に姿を見せることなどをつかんだという。

「隠れ家を出たとき、狙うか」

洋之介が言った。

「ですが、旦那、いつ、隠れ家を出るか分からねえ。それより、福乃屋からの帰りがいいですぜ。仁右衛門は福乃屋に泊まり、翌朝暗い内に店を出て隠れ家にもどるようでさァ」

玄次が、仁右衛門が福乃屋に入ったら知らせにきやす、と言い添えた。

「早朝か」

早朝なら、比較的人目につかないだろう。

「ところで、隠れ家にいる子分たちだが、いつもは何人ほどだ」

「それも、近所で聞き込んだんですがね。いつも、五、六人はいるようですぜ」

洋之介が訊いた。

「五、六人か」

「それに、芝蔵が子分を連れて顔を出すときがありやす」

「やはり、福乃屋の帰りに討つしかないな」

洋之介は腹を決めた。

「それじゃァ、あっしらはこれで」

それだけ話すと、甚八と玄次は洋之介から離れた。

洋之介は、去っていくふたりの後ろ姿を見ながら、

……頼りになる男たちだ。

と、胸の内でつぶやいた。

4

清夜だった。十六夜《いざよい》の月が皓々《こうこう》とかがやいている。すこし風があった。竪川《たてかわ》の川面にさざ波が立ち、月光を反射《はね》てキラキラとかがやいている。竪川沿いの通りに面した表店は、夜の帳《とばり》につつまれ、ひっそりと寝静まっていた。

明け六ツ（午前六時）までに、一刻（二時間）ほどはあろうか。まだ、東の空も明らんでいなかった。

本所林町。竪川沿いの通りである。洋之介は玄次とふたりで、桟橋にむかっていた。洋之介は濃い茶の小袖と黒のたっつけ袴《ばかま》姿だった。腰には二刀を帯びている。戦いの装束といっていい。これから、仁右衛門を討ちに永代寺門前仲町に舟でむかうのである。

昨夜遅く、玄次が洋之介の許にあらわれ、

「仁右衛門が、福乃屋に入《へえ》りやした」

と、知らせたのである。

そして、小半刻（三十分）ほど前、玄次が舟で洋之介をむかえに来たのだ。

洋之介は同宿している相馬に、仁右衛門を討つことを話してなかった。相手は仁右衛門ひとりだったので、相馬の手を借りる必要はなかったし、相馬も江崎藩とかかわりのない町人を討つのは気が引けるだろうと踏んだからである。

「旦那、ここでさァ」

玄次が桟橋につづく石段を指差した。

洋之介は、玄次につづいて石段を下りた。桟橋に人影はなかった。数艘の猪牙舟が舫ってあり、さざ波に揺れている。

「甚八は?」

舟に乗り込みながら、洋之介が訊いた。

「福乃屋を見張ってまさァ」

「そうか」

「舟を出しますぜ」

玄次は洋之介が舟に乗り込むと、舫い綱をはずして棹をとった。舟は竪川から大川へ出て、油堀へむかうのである。

舟が油堀に入ったとき、洋之介が東の空に目をやると、かすかに明らんでいた。ただ、掘割や通り沿いの家並は深い夜陰につつまれ、人影もなくひっそりと静まっていた。聞こえてくるのは、水押しが水面を分ける音と波が汀《みぎわ》の石垣を打つ音だけである。

舟は富岡橋をくぐってすぐの船寄にとまった。以前、仁右衛門の隠れ家を確かめに来たとき、舟を着けた船寄である。

「旦那、下りてくだせえ。ここから、ちょいと歩いてもらいやす」

玄次によると、この辺りには他に舟をとめておけるような桟橋や船寄はないという。

「分かった」

洋之介は立ち上がり、舟から下りた。

玄次の先導で、洋之介は堀沿いの道を永代寺門前仲町にむかって歩いた。途中、生け垣をまわした仁右衛門の隠れ家の前を通った。

隠れ家の仕舞屋は夜の帳のなかに沈み、洩れてくる灯《ひ》もなかった。手下たちは、眠り込んでいるようである。

仁右衛門の隠れ家の前を過ぎていっとき歩くと、玄次が足をとめた。そこは、寂しい場所だった。近くに町家はなく、通り沿いには空き地や笹藪がつづいていた。

「旦那、この辺りで待ち伏せしたらどうです」

玄次によると、福乃屋の近くは町家が多く、刀をふりまわすような場所はないし、早朝から通行人がいるという。

「仁右衛門は、ここを通るのか」

洋之介が訊いた。

「へい」

玄次によると、福乃屋から隠れ家に帰る道筋なので、仁右衛門はかならずここを通るはずだという。

「仁右衛門を斬るにはいい場所だ」

他人に見咎められる恐れもないし、別の路地に逃げ込まれることもなさそうだった。

「ここにしよう」

そう言って、洋之介は東の空に目をやった。

だいぶ明るくなっていたが、まだ上空には夜の闇が残っていて星がまたたいている。仁右衛門が、ここを通りかかるまでには間があるだろう。

「旦那、甚八と替わってきやす」

玄次はそう言い残し、洋之介のそばを離れた。

洋之介が空き地にあった石に腰を下ろしてしばらく待つと、甚八が姿を見せた。あいかわらず、闇に溶ける黒装束に身をつつんでいる。

「どうだ、仁右衛門は」

洋之介が訊いた。

「まだ、福乃屋に入ったままでさァ」

甚八がくぐもった声で言った。

「そうだろうな」

まだ、福乃屋を出るのは早いだろう、と洋之介は思った。

「玄次が福乃屋を見張っていやすんで、店を出れば知らせに来るはずで」

「それまで待つか」

洋之介は、ふたたび空き地の隅の石に腰を下ろした。

甚八は路傍の笹藪の陰にかがんで、通りの先に目をやっている。

しばらくすると、東の空が茜色に染まってきた。夜陰がうすらぎ、堀沿いの家並や樹木の輪郭がはっきりしてきた。上空も青さを増し、星のまたたきが弱々しくなっている。そろそろ払暁《ふつぎよう》である。

それからいっときすると、さらに明るくなり、黒ずんでいた掘割の水も笹の葉のような色彩を帯びてきた。水面に立つさざ波の起伏がはっきりと見える。朝の早い家は起き出したらしく、どこかで表戸をあける音が聞こえてきた。

さらに時が過ぎ、東の空が陽の色に染まってきた。

「そろそろだな」

洋之介がつぶやいた。

町筋の遠近《おちこち》から人声や戸をあける音などが聞こえるようになった。江戸の町が、動き出したのである。

「旦那、来やした」

甚八が声を上げた。

見ると、玄次が小走りに近付いてくる。

「仁右衛門は？」

洋之介は腰を上げて、玄次に近付いた。

「福乃屋を出やした」

玄次は、仁右衛門が店先から通りに出るのを目にしてから駆け付けたという。

「仁右衛門、ひとりか」

「子分がひとりいやす」

玄次が言うと、

「子分は、あっしらで始末しやすぜ」

と、甚八が言い添えた。

5

通りの先に、恰幅のいい男があらわれた。仁右衛門である。

仁右衛門は縞柄の小袖と角帯、唐桟《とうざん》と思われる羽織を羽織っていた。大店の旦那ふうである。その仁右衛門のすぐ後ろから、若い遊び人ふうの男が跟《つ》いてきた。仁右衛門の手下であろう。

ふたりは、足早に洋之介たちがひそんでいる空き地に近付いてきた。

仁右衛門が十間ほどに近付いたとき、

「行くぞ」

洋之介が小声で言って、笹藪の陰から通りへ出た。

ギョッ、としたように仁右衛門が立ち竦《すく》んだ。辻斬りとでも思ったのかもしれない。仁右衛門は、まだ洋之介の顔を知らなかったのだ。

洋之介は仁右衛門の前に立ちふさがり、刀の柄《つか》に手をかけた。

仁右衛門は洋之介を睨むように見すえ、

「わたしを、斬ろうというのか」

と、恫喝《どうかつ》するように言ったが、声は震えを帯びていた。

「そうだ」

洋之介は、ゆっくりと仁右衛門に近付いていった。

すると、仁右衛門の後ろにいた手下が、目をつり上げて前に飛び出してきた。

「て、てめえ！　この親分を知らねえのか。仁右衛門の旦那だ！　深川に住む者《もん》なら、親分の名を聞いてるだろう」

手下がまくしたてた。懐に右手をつっ込んでいる。匕首《あいくち》でも呑んでいるようだ。

「仁右衛門のことは、よく知ってるよ」

そう言うと、洋之介はゆっくりとした動作で抜刀した。

「お、おまえさん、だれだい」

仁右衛門が後じさりながら誰何《すいか》した。

「海野洋之介。おまえの手の者に、命を狙われている男だ」

洋之介はさらに歩をつめた。

「お、おまえが、海野……」

仁右衛門の顔から血の気が引いた。

前に立った子分の顔も恐怖でゆがんでいる。洋之介の名を聞いているようだ。

ふいに、仁右衛門が反転して逃げようとした。だが、その足がすぐにとまった。後ろに甚八と玄次が立っていたのである。

洋之介が八相に構えると、

「ま、待て！」

と、仁右衛門が声を上げた。

「か、金ならいくらでも出す。……それに、もう手は出さん」

「もう遅い」

洋之介は、仁右衛門に迫った。

すると、前にいた子分が懐から匕首を抜き、

「やろう！」

ひき攣《つ》ったような声を上げ、飛び込みざま匕首を前に突き出した。だが、恐怖で腰が引け、匕首の先は洋之介までとどかなかった。

「どけ！」

洋之介が刀を袈裟に払った。

甲高い金属音がひびき、手下の手にした匕首がちかくの叢へ飛んだ。洋之介が匕首をたたき落としたのだ。

手下はよろめきながらも叢へ走り、落ちた匕首を手にした。そこへ、甚八と玄次が駆け寄ってきた。

洋之介は、手下にはかまわず仁右衛門に迫った。

「よ、よせ……」

仁右衛門は大きく目を剝き、両手を前に突き出して後じさった。その手がワナワナと震えている。

洋之介は仁右衛門の正面に迫ると、

「観念しろ！」

一声を上げて、刀を一閃《いっせん》させた。

一瞬の斬撃だった。仁右衛門に反転する間も与えなかった。

ピッ、と仁右衛門の首筋から血が飛び、がくりと首が前にかしいだ。次の瞬間、仁右衛門の首筋から血飛沫《ちしぶき》が激しく飛び散った。

洋之介が袈裟にふるった切っ先が、仁右衛門の首を頸骨《けいこつ》ごと截断したのだ。

仁右衛門は血を撒きながらよろめき、叢のなかで足をとめると、腰から沈むように倒れた。

伏臥した仁右衛門は、わずかに四肢を痙攣させていたが、まったく動かなくなった。悲鳴も呻き声も聞こえない。絶命したようである。首筋から血の流れ落ちる音が叢を打ち、カサカサと音をたてている。

洋之介は手下に目を転じた。

甚八が手下の匕首を取り上げ、玄次が両肩を押さえつけていた。手下の肩先から胸にかけて、血に染まっていた。首筋から血がほとばしり出ている。手下は目をつり上げ、恐怖と興奮で身を激しく顫《ふる》わせていた。

洋之介が近付くと、

「こいつを取ろうとしたとき、斬っちまったんでさァ」

甚八が手にした匕首を見せて言った。甚八が手下の持っていた匕首を奪おうとしたとき、切っ先が手下の首筋を斬ったようだ。

「おまえの名は」

洋之介が手下を見すえて訊いた。首筋からの出血が激しかった。助からないだろう、とみてとった。

「す、助造《すけぞう》……」

まだ、二十歳前後の若造である。

「おまえに、ひとつだけ訊きたいことがある」

「……」

「富久町に浅吉と浜次郎という男がいるな。ちかごろは、滝川という牢人も同居しているはずだ」

洋之介がそう言うと、助造は驚いたような顔をしたが、すぐに顔をしかめた。首筋の傷が痛いのであろうか。

「浅吉と浜次郎も、仁右衛門の手下のはずだが、ふたりだけ別の塒にいるのは、どういうわけだ」

「ふ、ふたりは、殺し人だからだ」

助造が喘ぎながら口にしたことには、浜次郎が殺し人で、浅吉が手引き役だという。滝川が仲間にくわわるまでは、浜次郎と浅吉のふたりだけで殺しの仕事をしていたそうである。

「そういうことか」

どうやら、富久町の家は、殺し人たちの住処《すみか》らしい。

「殺しの指図をしていたのが、仁右衛門だな」

「そ、そうだ。……お、おれを助けてくれ！」

助造が哀願するような目で洋之介を見上げた。

「助けてやりたいが、無理だな」

出血が激しすぎた。首根の血管《ちくだ》を斬ったのだろう。肩先から胸にかけて着物がどっぷりと血を吸い、真っ赤に染まっていた。助造の命は、半刻（一時間）も持たないかもしれない。

「……………！」

助造が恐怖に顔をひき攣らせた。

「おれが、冥途《めいど》に送ってやる」

瞬間、洋之介は手にした刀を助造の胸に突き刺した。とどめである。生かしておけば、苦痛と恐怖を与えるだけなのだ。

グッ、と喉のつまったような呻き声を上げ、助造が身をのけ反らせた。

洋之介が身を引きながら刀身を引き抜くと、助造の胸部から血が赤い帯のようにはしった。洋之介の切っ先が、助造の心ノ臓を貫いたのである。

助造は血を噴出させながら横転した。そのまま身動きもせず、横たわっている。血が胸から流れ落ちて地面を打ち、物悲しい音をたてていた。

「旦那、こいつらどうしやす」

甚八が訊いた。

「笹藪の陰にでも隠しておこう」

洋之介は滝川を討つまで、仁右衛門の死を隠しておきたかったのである。

第六章　上意討ち

1

竪川沿いの桟橋に四人の男が集まっていた。洋之介、相馬、甚八、玄次である。四人の顔は一様にけわしかった。これから、滝川たちを討ちに行くところであった。

仁右衛門を斬殺した翌日である。洋之介は日を置かずに滝川を討たねば、隠れ家から逃走される恐れがあると踏んで、相馬に話した。すると、相馬も、ならば、今日にも滝川を討とうと言いだし、四人で富久町《とみひさちょう》にむかうことになったのだ。

陽は西の家並に沈みかけていたが、桟橋には淡い西日があたっていた。竪川の水面が蜜《み》柑《かん》色の陽を映じてゆれている。

七ツ半（午後五時）ごろであろうか。洋之介たち四人は他に人影のない桟橋に立っていた。これから、滝川の隠れ家のある富久町に舟で行くつもりだったが、乗り込む前に戦いの手筈を決めておこうと思ったのだ。

「それで、隠れ家には滝川の他にもいるのか」

相馬が念を押すように訊いた。

相馬は小袖にたっつけ袴、足元を武者草鞋《むしゃわらじ》でかためていた。洋之介から連絡を受けると、立ち合いに支障のない装束で桟橋に姿をあらわしたのだ。洋之介も、昨日と同じ小袖とたっつけ袴姿である。

「ふたりいる。浅吉と浜次郎という町人だ」

洋之介は、浅吉が殺しの手引き役で、浜次郎が殺し人であることを話した。

「おれたちを襲ったふたりだな」

相馬が言った。相馬と杉浦は滝川とふたりの町人に襲われ、そのとき杉浦が深手を負ったのである。

「そうだ」

洋之介も滝川たち三人に襲われ、滝川とふたりの町人を目にしていた。

「町人とはいえ、厄介な相手だな」

相馬が言った。

「浅吉はともかく、浜次郎は腕が立つとみなければなるまい」

浜次郎は殺し人だという。おそらく、匕首を巧みに遣うのであろう。洋之介は、海辺橋の近くで滝川たちに襲われたとき、手ぬぐいで頬っかむりしていた敏捷そうな男が浜次郎であろうとみていた。町人と思って侮ると返り討ちに遭う恐れがある。

「相手は三人だが、どう討つな」

洋之介が言った。

隠れ家に踏み込んだ後、滝川たち三人とどう戦うか決めておかねばならない。

洋之介が滝川と戦い、相馬に浜次郎を斬ってもらう手があった。ただ、相馬はあくまでも江崎藩の上意により、滝川を討つために動いているのである。滝川をさておいて、浜次郎を斬る気はないだろう。

ならば、洋之介が浜次郎を斬り、相馬に滝川をまかせる手もあるが、相馬ひとりでは滝川を討つどころか返り討ちに遭うだろう。それに、洋之介はひとりの剣客として、滝川と立ち合うつもりでいた。洋之介の胸中には、甲源一刀流の秘剣、水車で霞斬りを破りたい気持ちがあったのだ。

洋之介が思案していると、

「あっしと玄次とで、浅吉と浜次郎を殺《や》りやしょうか」

と、甚八が言った。盗人だった甚八は、端《はな》から浅吉たちを捕らえる気などないようだ。

玄次も、けわしい顔をしてうなずいた。

「そうしてくれ。……ただ、無理をするな。ふたりを逃がしてもかまわんからな」

洋之介が言った。町方ではないので、ふたりを捕らえる気はなかったし、逃げるならあえて追うこともないのだ。洋之介と相馬の狙いは、あくまでも滝川を斬ることである。

「承知しやした」

甚八と玄次がうなずいた。

「そろそろだな」

洋之介が、家並の向こうに沈みかけた夕日に目をむけて言った。洋之介たちは、暮れ六ツ（午後六時）の鐘が鳴り、町筋が夕闇に染まるたそがれ時に滝川たちの隠れ家に踏み込むつもりでいたのだ。

「旦那方、乗ってくだせえ」

艫に立った玄次が言った。

洋之介たち三人が舟に乗り込むと、玄次は舟を桟橋から離し、水押しを大川へむけた。

大川には、まだ船影があった。陽が沈み、黒ずんだ川面に猪牙舟や艀《はしけ》などが行き交っている。ただ、日中よりすくなく、近くの桟橋にむかう舟が多いようだった。

「相馬どの」

洋之介が、流れの音に負けぬように声を大きくした。

「ふたりで滝川に立ち向かうことになろうが、まず、おれに水車を試させてくれ」

すでに、洋之介は相馬に、滝川と立ち合うことになれば、甲源一刀流の水車を試してみたい、と話してあった。それに、繁田の町宿に身を隠すようになってからも、手のあいたときに、人目のない近くの空き地に行き、水車の独り稽古をつづけていたのだ。

「承知した」

相馬がうなずいた。

ただ、洋之介が滝川に立ち向かうとしても、相馬も脇からすこし間合をとって滝川に相対するだろう。洋之介があやういとみれば、脇から滝川に斬り込むはずだ。

洋之介たちがそんなやり取りをしている間に、舟は油堀に入った。

「旦那、昨日と同じ船寄に着けやすぜ」

玄次が櫓を漕ぎながら言った。

「そうしてくれ」

富岡橋をくぐってすぐの船寄が、滝川たちの隠れ家へ行くのにも近いのだ。

玄次はいっとき舟を進め、船寄に船縁を着けた。洋之介たち三人が舟から飛び下りると、玄次も杭に舫い綱をかけて舟から下りた。

洋之介たち四人は、油堀沿いの道をすこしもどり、丸太橋のたもとまで来ると、

「旦那たちは、ここにいてくだせえ。あっしと玄次とで、様子を見てきやす」

甚八がそう言い、玄次とふたりで小走りに滝川たちの隠れ家へとむかった。

洋之介と相馬が橋のたもとでしばらく待つと、玄次がひとり駆けもどってきた。

「どうした」

洋之介が訊いた。

「いやすぜ」

玄次が息をはずませて言った。

「三人か」

「へい」

玄次によると、家のなかから三人の話し声が聞こえたという。

「甚八はどうした？」

「やつらを見張っておりやす」

「よし、行こう」

洋之介たちは、滝川の隠れ家にむかった。

2

堀沿いの通りは、淡い暮色に染まっていた。寂しい通りである。小体《こてい》な店や仕舞屋《しもたや》などがまばらにつづいているが、空き地や笹藪なども目についた。通りに人影はなく、どの家も表戸をしめて、ひっそりとしている。

ときおり、奥まったところにある長屋から、赤子の泣き声や母親が子供を叱っている声などが聞こえてきた。

「あそこに、甚八がいやす」

玄次が声をかけた。

見ると、滝川の隠れ家の板塀に甚八が身を寄せている。

洋之介たちは足音を忍ばせて、甚八に近付いた。

「三人とも、なかにいまさァ」

甚八が小声で言った。

板塀に身を寄せると、家のなかからかすかに男の声が聞こえた。話し声である。話の内容は聞き取れないが、三人で話していることは分かった。

「仕掛けるか」

相馬が訊いた。

「いい頃合だな」

洋之介は頭上に目をやって言った。空は藍色を帯び、かすかに星のまたたきが見えた。辺りは夕闇につつまれているが、まだ立ち合いには支障のない明るさが残っている。

「どこでやる」

相馬が洋之介に訊いた。

「裏の空き地でやるしかないな」

すでに、洋之介は家のまわりを見て、戦いの場所は裏手しかないと決めてあったのだ。家のなかに踏み込むのは危険だったし、庭もなかった。それに、家をかこった板塀の裏手に枝折《しお》り戸があって、裏手にも出られるようになっていたのだ。空き地のなかに小径があり、別の路地へつながっているらしい。

「甚八と玄次は、裏手にまわってくれ」

洋之介は、滝川たち三人を裏手におびき出すつもりだった。

「へい」

と甚八が応え、ふたりは板塀沿いに裏手にまわった。

洋之介と相馬は表の戸口にむかった。

通りに面した引き戸はしまっていたが、洋之介が手をかけて引くと簡単にあいた。

土間の先が狭い板敷の間《ま》になっていて、その奥に障子が立ててあった。そこは座敷になっているらしいが、話し声はその奥から聞こえた。おそらく、障子が立ててある座敷の次の間に、滝川たちはいるのだろう。

「だれか、おらぬか」

洋之介が、奥にむかって声を上げた。

すると、話し声がやみ、急に家のなかが静かになった。話し声はむろんのこと、物音も聞こえてこなかった。滝川たちは、聞き耳を立てて戸口の様子をうかがっているにちがいない。

「滝川泉十郎、姿を見せろ！」

今度は相馬が声を上げた。

障子の奥で、人の立ち上がるような物音がした。そして、障子をあけるような音につづいて畳を踏む音がした。

ガラリ、と板敷の間の先の障子があいた。

姿を見せたのは滝川だった。滝川は大刀を手にしていた。そばに置いた刀をつかんで、出てきたようだ。滝川の背後に、町人体《てい》の男がふたりいた。浅吉と浜次郎である。

一瞬、滝川は土間に立っている洋之介と相馬を見て驚いたように目を剝いたが、

「相馬と海野か」

と言って、洋之介たちを睨むように見すえた。

「滝川泉十郎。上意だ！」

相馬が刀の柄をつかんで声を上げた。相馬の声は震えを帯びていた。滝川を目の前にして、怒りと気の昂《たかぶ》りが体を顫わせているのである。

「ふたりだけか」

滝川は、洋之介たちの背後に目をやった。江崎藩の討っ手が他にもいるのか確かめたらしい。

「うぬを討つのは、ふたりで十分だ」

洋之介が言った。

滝川は口元に薄笑いを浮かべ、後ろにいる浅吉と浜次郎に目をやると、小声で、ひとり殺れるか、と訊いた。

すると、浜次郎が、やりやしょう、と低い声で言った。

「ならば、ふたりとも始末するか」

滝川は手にした大刀を腰に差した。滝川は、三人で立ち向かえば、洋之介たちふたりを斬れると踏んだらしい。

「滝川、裏手で勝負だ！」

言いざま、洋之介は滝川に体をむけたまま敷居をまたいだ。何とか滝川たちを裏手に引き出さねばならない。

洋之介と相馬は滝川たちがついてくるのを見てから、家の脇を走って裏手へむかった。滝川たち三人が、間をとったままつづく。

裏手の空き地は雑草におおわれていた。笹藪や丈の高い雑草も茂っていたが、小径のまわりは丈の低い草だけだった。立ち合いのおりに、足をとられるようなことはなさそうである。

洋之介は小径の脇に立った。相馬は洋之介から四間ほど離れて足をとめた。ふたりともぞんぶんに刀がふるえるだけの間をとったのである。

「滝川、おれが相手だ」

そう言って、洋之介が滝川に体をむけた。

「海野、今日こそ、おぬしの命をもらうぞ」

滝川は、洋之介と四間ほどの間合をとって対峙した。

するとと、相馬が滝川の左手に歩を寄せた。これを見た浅吉と浜次郎が、滝川の左右にまわり込んできた。

そのときだった。空き地の隅の笹藪の陰に身を隠していた甚八と玄次が姿を見せた。

「滝川の旦那！　ほかにもいやすぜ」

浅吉が叫んだ。

滝川が甚八たちに目をやり、

「相手は、町人ふたりだ！　先に片付けろ」

と、怒鳴った。

「へい」

応えざま、浜次郎が懐から匕首を取り出した。

浜次郎の血走った目が、甚八と玄次を見すえている。獲物を目にした餓狼《がろう》のようである。

浅吉も匕首を手にして、甚八たちの方に体をむけた。ふたりで、甚八と玄次を仕留めるつもりのようである。

3

夕闇のなかに滝川の顔が浮かび上がっていた。表情のないぬらりとした顔だが、蛇《くちなわ》のような細い目がうすくひかっている。

滝川はまだ、抜いていなかった。右手を柄に添えているだけだが、全身から痺れるような剣気をはなっている。

「ふたりがかりか」

滝川が低い声で言った。

「いや、おぬしの相手はおれだ」

洋之介は抜刀した。

左手にまわり込んだ相馬はすでに青眼に構えていたが、滝川からは大きく間合をとっている。

その相馬に、チラッと目をやった滝川は、

「おもしろい。おれの霞斬りに、ひとりで相手しようというのか」

そう言って、口元にうす笑いを浮かべた。

「甲源一刀流、水車」

洋之介は、初めて己の遣う剣を口にした。

「水車だと。……聞いたことがないな」

滝川はうす笑いを浮かべたまま抜刀した。そして、ゆっくりした動作で上段に構えると、切っ先を後ろにむけて寝かせた。上段霞である。

「いくぞ！」

洋之介は切っ先を後ろにむけ、鍔元を腰にとった。甲源一刀流の隠剣である。水車をはなつ構えでもある。

一瞬、滝川の顔に戸惑うような表情が浮いた。洋之介が初めて見せた構えだったからであろう。だが、滝川の戸惑うような表情はすぐに消え、のっぺりした表情のない顔にもどった。

滝川は左手にいる相馬に視線を投げ、一足一刀の斬撃の間の外にいることを確かめてから間合をつめ始めた。

後ろに切っ先をむけた滝川の刀身が、夕闇のなかで銀色の細い筋のように見えた。滝川の全身に、獲物に迫る蛇のような殺気がある。まさに、ひかりの筋は、蛙に迫る銀蛇のようである。

洋之介も動いた。隠剣に構えたまま、爪先で叢を分けながら間合をつめ始めた。

ふたりの刀身はそれぞれ背後にむけられ、夕闇を切り裂きながら一足一刀の斬撃の間に迫っていく。

間合がせばまるにつれてふたりの全身に気勢が満ち、斬撃の気配が高まってきた。

斬撃の間境の一歩手前で、洋之介の全身に斬撃の気がはしった。

イヤアッ！

洋之介が鋭い気合を発し、体を躍動させた。

隠剣から刀身を大きく回転させて滝川の真っ向へ。一太刀で、敵の頭頂から胸部あたりまで斬り割るような渾身の一刀だった。

キエエッ！

間髪をいれず、滝川も仕掛けてきた。

跳躍しざま上段霞から真っ向へ。神速の太刀捌《たちさば》きである。

真っ向と真っ向。

ふたりの眼前に、稲妻のような二筋の閃光がはしった。

次の瞬間、青火が散り、キーンという甲高い金属音がひびき、ふたりの刀身がはじき合った。

瞬間、滝川の体が揺れた。洋之介の渾身の一刀に押されて、体勢がくずれたのである。が、滝川は絶妙な体捌きで、体勢を立て直しざま二の太刀をふるってきた。

ふたたび、真っ向へ。

この斬撃を予想していた洋之介は大きく背後に身を引き、刀身を払って滝川の二の太刀を受け流した。

洋之介は、脳裏で描いた滝川と対戦したときと同じように滝川の二の太刀をはじいたのだ。滝川の霞斬りをかわしたといっていい。

滝川との間合を取った洋之介は、反攻に転じた。

洋之介は、すばやい足捌きで刀身を水車のように大きく回転させながら斬撃の間合に迫った。

一瞬、滝川の顔が驚愕にゆがんだ。洋之介の大きく円を描いた刀身の動きに圧倒され、刀身の回転からくりだされるであろう斬撃が読めなかったのである。

すかさず、洋之介は刀身を回転させて滝川の真っ向へ斬り込んだ。遠心力のくわわった凄まじい斬撃だった。

咄嗟に、滝川は刀身を横に払って洋之介の斬撃をはじいた。だが、滝川は体勢をくずされ、後ろへ身を引いた。

さらに、洋之介は流れるような体捌きで刀身を回転させ、踏み込みざま、真っ向へ斬り込んだ。

滝川は洋之介の斬撃を受けたが、腰がくだけたような格好になり後ろへよろめいた。

これが、水車の本領だった。水車のように刀身を回転させて強い斬撃を生み、連続して斬り込んで敵を追いつめるのだ。

洋之介は滝川がよろめいた瞬間をとらえた。

トオッ！

鋭い気合を発しざま、真っ向へ斬り込んだ。

瞬間、滝川は刀身を払って洋之介の斬撃を受け流そうとしたが、間に合わなかった。

ザクリ、と滝川の左の肩先が裂けた。真っ向へ斬り込んだ洋之介の切っ先が、体をひねった滝川の肩先をとらえたのだ。

次の瞬間、滝川は体勢を立て直して大きく背後に飛んだ。咄嗟に、洋之介の次の太刀を避けようとしたのである。

ふたりの間合が、大きくひらいた。

洋之介はふたたび切っ先を背後にむけて隠剣に構えた。

対する滝川は切っ先を下げ下段に構えた。肩口から血がほとばしり出ていた。見る間に着物が真っ赤に染まっていく。

「お、おのれ！」

滝川は激痛に顔をしかめ、目をつり上げた。ぬらりとした顔が憤怒で赭黒く染まっている。夜叉のような面貌《おもて》である。

「霞斬り、破ったぞ」

洋之介が低い声で言った。滝川を見つめた目が、爛々とかがやいている。猛虎を思わせるような双眸である。

「まだだ！」

滝川はふたたび上段霞に構えをとった。

4

このとき、甚八は浜次郎と対峙し、玄次は浅吉と向かい合っていた。甚八たちは、対峙した相手との間合を大きくとっている。ふたりには、浜次郎たちを仕留める気も捕らえる気もなかった。洋之介たちが滝川を倒すため時間を稼げばいいと思っていたし、浜次郎たちが逃げてもかまわなかったのだ。

「てめえの首を、おれが掻き切ってやるぜ」

浜次郎が、くぐもったような声で言った。

すこし前屈みの格好で、匕首を胸のあたりに構えている。夕闇のなかでにぶくひかる匕首が、猛獣の牙のようだった。

ザザザッ、と浜次郎の足元で叢を分ける音がした。浜次郎が素早い摺り足で間合をつめてくる。

「やれるならやってみな」

言いざま、甚八は後ろへ跳んだ。

甚八も胸のあたりに匕首を構えていたが、それで敵を仕留めようとは思っていなかった。浜次郎の攻撃をかわすためである。

甚八と浜次郎の間合はつまらなかった。甚八が同じ間合を保ったまま後ろへ逃げたからである。甚八の動きは敏捷だった。動きの迅さにくわえ、走力や跳力などは浜次郎を超えていたのだ。

「てめえ！　逃げてばっかりいやがって、かかってこい」

浜次郎が怒りの声を上げた。

「てめえこそ、腰が引けてるぜ」

甚八が、うす笑いを浮かべて言った。

一方、玄次も浅吉とまともにやり合わなかった。ときおり、玄次は手にした匕首で突いていく素振りを見せたが、ほとんど間合をつめなかった。

浅吉も匕首はそれほど巧みではないらしく、一気に間合をつめて玄次を仕留める気はないようだった。


夕闇が、洋之介と滝川をつつんでいた。隠剣と上段霞に構えたふたりの刀身が、闇のなかで銀蛇のようににぶくひかっている。

滝川の顔が、ときおり苦痛にゆがんだ。上段霞に構えた左の肩先から流れ出た血が顔にも飛び、夜叉のような面貌《おもて》を赭黒く染めている。

ただ、それほどの深手ではないようだ。上段霞の構えはくずれていなかった。それに、闘気も覇気もおとろえていない。

滝川は動かなかった。目をすえて、洋之介の動きを見つめている。

「いくぞ！」

遠間から、洋之介が先に仕掛けた。

隠剣のまま爪先で叢を分けながら間合をつめていく。

間合がつまるにつれ、ふたりの剣気が高まり、斬撃の気がみなぎってきた。

イヤアッ！

裂帛《れっぱく》の気合とともに、洋之介の体が躍った。

隠剣から刀身を大きく回転させて敵の真っ向へ。水車の初太刀である。刀身を回転させることで剛剣を生むのだ。

間髪をいれず、滝川が反応した。

キエエッ！

猿声のような気合を発し、跳躍しざま上段霞から斬り下ろした。

真っ向へ。膂力《りょりょく》を込めた一刀だった。洋之介の強い斬撃に負けないよう渾身の一刀をふるったようだ。

水車と霞斬りの初太刀が合致した。

キーン、という甲高い金属音とともに青火が散って、金気が流れた。

瞬間、ふたりの刀身が大きくはじき合った。

滝川の体勢はくずれなかった。両者の斬撃は、ほぼ互角である。

次の瞬間、滝川が二の太刀をふるった。

同時に、洋之介は大きく背後に跳びざま刀身を払って、滝川の二の太刀を受け流そうとしたが、かすかに滝川の切っ先が洋之介の左の二の腕をとらえた。

サクッ、と着物が縦に裂けた。だが、肌まではとどかなかった。

背後に跳んだ洋之介は、すかさず水車を仕掛けた。素早い寄り身で間合をつめながら刀身を大きく二度回転させて真っ向へ斬り込んだ。凄まじい斬撃である。

一瞬、滝川は刀身を振り上げて、洋之介の斬撃を受けた。

だが、滝川は洋之介の剛剣を受け切れなかった。洋之介が踏み込みざま大きく二度回転させて放った一刀は、これまで以上の強い斬撃を生んだのだ。

滝川の腰がくだけ、後ろへよろめいた。

トオッ！

すかさず、洋之介が刀身を回転させて真っ向へ斬り込んだ。

瞬間、滝川は洋之介の斬撃をかわそうとして頭を横にかしげた。

ざくりと鬢《びん》が削《そ》げ、片耳が飛んだ。

真っ向へふるった洋之介の切っ先が滝川の側頭部をえぐったのだ。血が噴《ふ》き、滝川の半顔が赤い布を張り付けたように染まった。

ギャッ！と、凄まじい絶叫を上げ、滝川が後ろへよろめいた。

「相馬どの、いまだ！」

洋之介が声を上げるや否や相馬が飛び込み、

「上意！」

と一声を上げて、斬り込んだ。

振りかぶりざま袈裟へ。

皮肉《ひにく》を断つにぶい音がし、滝川の首が横にかしいだ。次の瞬間、首根から血が驟雨《しゅうう》のように飛び散った。相馬の袈裟にふるった一撃が、滝川の首根をとらえたのである。

滝川は血飛沫《ちしぶき》を上げながら腰から沈むように倒れた。

「滝川泉十郎を討ち取ったぞ！」

相馬が声を震わせて叫んだ。


洋之介は甚八と玄次に目を転じた。

……甚八があやうい！

と、洋之介は見てとった。

甚八と浜次郎の間合がつまっていた。甚八は逃げる気ならいつでも逃げられるのだろうが、洋之介たちが駆け付けるまで浜次郎を引き付けておこうとしているようだ。

一方、玄次と浅吉の間はひらいたままだった。

洋之介は八相に構え、浜次郎に向かって疾走した。

サササッ、と叢を分ける音がひびいた。

その音に気付いた浜次郎が、背後を振り返った。一瞬、驚愕に顔をゆがめたが、すぐに状況を察知し、反転して身構えた。洋之介と戦うつもりらしい。もっとも、洋之介は間近に迫っており、このまま逃げられないとみたのかもしれない。

洋之介は浜次郎に急迫した。

「やろう！」

一声叫び、浜次郎が飛び込んできた。匕首を前に構えたまま、体当たりするような踏込みである。

手にした匕首が、洋之介の胸元に伸びる。

瞬間、洋之介が刀を一閃させた。

甲高い金属音とともに、浜次郎の匕首が虚空へ撥ね飛んだ。洋之介の一撃が、匕首をはじき上げたのである。

タアッ！

浜次郎が勢い余って、前に泳いだ。

すかさず、洋之介は刀身を横一文字に払った。

にぶい骨音がし、浜次郎の首が前に垂れ、首筋から血が奔騰《ほんとう》した。洋之介の一撃が、浜次郎の首を頸骨ごと截断したのだ。

浜次郎は血を激しく噴出させながら、くずれるように転倒した。

地面に伏臥した浜次郎は四肢を痙攣させていたが、呻き声も悲鳴も上げなかった。絶命したようである。

「旦那！　浅吉が逃げやすぜ」

玄次が声を上げた。

見ると、浅吉が喉を裂くような甲高い悲鳴を上げて、表の戸口の方へ逃げようとしていた。

その浅吉の前に、甚八が素早い動きでまわり込んだ。

「逃がさねえよ」

甚八の手にした匕首が、闇のなかで白くひかっている。

洋之介は浅吉にむかって疾走した。できれば、浅吉も始末しておいた方が後腐れがないのだ。

浅吉は足をとめると、逃げ場を探して、周囲に目をやった。だが、どこにも逃げ場はなかった。

「た、助けて！」

叫び声を上げ、戸口の方へ突進しようとした。

そこへ、洋之介が踏み込み、刀を一閃させた。走り寄りざま、刀身を横に払ったのである。

ドスッ、というにぶい音がし、浅吉の上体が折れたように前にかしいだ。洋之介の一撃が、浅吉の胴を深くえぐったのだ。

浅吉は腹を押さえながらよろめき、足がとまると、その場にへたり込むようにうずくまった。腹を両手で押さえたまま蟇《ひき》の鳴くような呻き声を上げている。

「とどめを刺してくれる」

洋之介は浅吉の背後に立ち、刀身を背から突き刺した。

浅吉は、ビクッと背を反らせたが、すぐに首を垂れてうずくまった。洋之介が刀身を引き抜くと、血がほとばしり出た。切っ先が心ノ臓を突き刺したのであろう。

浅吉はうずくまったまま動かなかった。背からの噴血はすぐに勢いが衰え、流れ出るだけになった。心ノ臓がとまったからであろう。

「ざまァねえや」

甚八が、うずくまったまま死んでいる浅吉に目をやって言った。

洋之介のそばに、玄次と相馬が近付いてきた。

「海野どののお蔭で、滝川が討てた」

相馬が言った。静かな声だったが、まだ気が昂《たかぶ》っているらしく声が震えている。相馬の顔は返り血を浴びて、赭黒く染まっていた。両眼だけが、闇のなかで白く浮き上がったように見えている。

「長居は無用だ。引き上げよう」

洋之介は、きびすを返した。

洋之介につづいて、相馬、甚八、玄次の三人も通りの方へ足をむけた。

空き地は夜陰につつまれていた。斬殺された滝川、浜次郎、浅吉の姿は、黒い塊にしか見えなかった。大気のなかにただよっている血の濃臭だけが、その場で凄惨な戦いがあったことを物語っている。

5

「海野の旦那、お客さまですよ」

障子の向こうで、おみつの声がした。

「だれだ？」

洋之介は畳に寝転がったまま訊いた。昼食の後、やることがないので昼寝でもしようと思っていたところである。

「相馬さまと杉浦さまです」

「すぐ行く」

洋之介は立ち上がると、皺《しわ》だらけになった袴をたたいて伸ばしてから障子をあけた。

おみつにつづいて階段から下りると、土間に相馬と杉浦が立っていた。羽織袴姿で二刀を帯びている。江戸勤番の藩士らしい格好である。

「杉浦どの、傷はいいのか」

見ると、杉浦は肩口に晒を巻いていないようだった。

「お蔭で治りました。このとおり……」

杉浦は左腕をまわして見せた。

まだ、折れた腕の骨は完治してないのか、かばっているようなまわし方だったが、肩の傷は治ったらしい。

杉浦が深手を負って一月ほど過ぎていた。この間、藩邸内で治療に専念していたようだが、出歩いても支障ないほどに癒《い》えたようだ。

そのとき、洋之介の脇にいたおみつが、

「茶をお淹れしますから、腰を下ろしてくださいまし」

と、声をかけた。

「ふたりとも腰を下ろしてくれ」

洋之介が言い添えると、相馬と杉浦は上がり框に腰を下ろした。

「それで、用向きは？」

洋之介が小声で訊いた。ふたりが姿を見せたのは、何か用件があってのことであろう。

「実は、杉浦とおれは、国許に帰ることになってな。それで、挨拶に寄らせてもらったのだ」

相馬が言うと、杉浦が、視線を膝先に落としてうなずいた。

「それで、いつ江戸を発つのだ」

「明後日」

「早いな」

急な出立である。ただ、滝川を討った以上、相馬と杉浦が江戸にとどまる理由はなかった。杉浦の傷が癒えしだい国許へ帰るのは当然のことであろう。

「もうすこし江戸にいて、海野どのから剣術の手解きを受けたかったのですが……」

杉浦が、残念そうな顔をして言った。

「おれには、剣術指南などできん。国許に帰って城下の道場へ通った方が、いい稽古ができるはずだよ」

洋之介は、杉浦に乞われても指南などするつもりはなかった。

「相馬さまからお聞きしました。海野どのは、水車なる秘剣を遣われるとか」

杉浦が目をひからせて言った。どうやら、相馬から洋之介が滝川と立ち合ったときの様子を聞いたらしい。

「秘剣などと、大袈裟だ。甲源一刀流の技のひとつにすぎん」

そう言って、洋之介は苦笑いを浮かべた。

それに、水車だけを取り出して指南することはできなかった。甲源一刀流の構え、体捌き、太刀捌き、間積もり……。そうしたことを身につけなければ、水車は遣えないのである。

そのとき、おみつが茶道具を手にしてもどってきた。洋之介たちは剣術の話をやめ、傷の具合や国許のことなど当たり障《さわ》りのないことを話題にした。

おみつが茶を出し終えて、その場から去ると、

「海野どの、それがし、国許に帰ってからあらためて藩に江戸勤番を願い出るつもりで

す」

杉浦が洋之介を見つめながら言った。

「うむ……」

「江戸勤めとなったせつは、ぜひ甲源一刀流のご指南を」

杉浦が訴えるような口調で言った。

洋之介は口元に笑みを浮かべただけで、黙っていた。剣術指南などするつもりはなかったが、いまから杉浦が江戸勤番になったときのことを考えても仕方がなかった。願いどおり、江戸へ出られるか分からなかったし、江戸勤めということになったときは、赤坂の小暮道場を紹介すればいいのである。

「ところで、仁右衛門には子分がいたのではないか」

相馬が声をあらためて言った。

「いたようだな」

「子分たちが、海野どのを襲うようなことはないのか」

相馬の顔に懸念の色があった。洋之介から仁右衛門を斬ったことを聞いていたので、子分たちのことが気になっていたのだろう。

「いや、子分のことは心配いらん。町方が捕らえるようだからな」

洋之介は玄次から、宗造たち岡っ引きが芝蔵の賭場に探りを入れていると聞いていた。賭場に町方の手が入るのも間近であろう。

「それなら、安心だな」

相馬は顔をなごませた。

それから、小半刻（三十分）ほど話してから、相馬と杉浦は腰を上げた。

洋之介は戸口までふたりを送って出た。

「海野どの、江戸にもどったせつは、ご指南のほどを」

杉浦は重ねて言い、相馬とともに去っていった。

ふたりの姿が遠ざかったとき、

「小父ちゃん」

と、仙太の声がした。

見ると、店の脇に仙太が棒切を手にしていた。仙太のそばに、寅六が戸惑うような顔をして立っている。

「仙太、釣りか」

仙太はときおり棒切や短い竿などを持って、釣りの真似をすることがあった。大人たちがするのを見ているせいであろう。

「釣りじゃァないぞ。剣術だ」

仙太が棒切を持って近付いてきた。

「剣術だと」

「見せてやる」

仙太は胸を張って言うと、いきなり棒切の先を後ろに引き、棒を握った拳を腰のあたりにつけた。

「隠剣か！」

洋之介は驚いた。へっぴり腰だが、隠剣の構えである。

それだけではなかった。仙太は、ヤアアッ！と叫びながら、手にした棒切を回転させて、洋之介に打ちかかってきたのだ。水車のつもりらしい。

「ま、待て、仙太」

洋之介は慌てて、仙太の手にした棒切を握りしめた。どうやら、仙太は店の裏手で稽古していた洋之介を見ていたらしい。

「旦那、仙太は、あっしにも打ちかかってきたんでさァ」

寅六が渋い顔をして近寄ってきた。

「小父ちゃん、剣術をやろう」

仙太は、洋之介が握った棒切を引っ張りながら言った。

……まずいな。

と、洋之介は思った。この分では、店に姿を見せた釣客にも打ちかかりかねない。

「仙太、剣術よりおもしろいことがあるぞ」

洋之介は腰をかがめ、仙太の顔を見ながら言った。

「おもしろいことって、なんだ」

「沙魚《はぜ》だ。どうだ、小父ちゃんと沙魚釣りに行かんか。おもしろいぞ」

洋之介は近くの掘割にでも連れていって、ごまかそうと思った。

「行く！　沙魚釣りに行くぞ」

仙太が、目を剝いて言った。

すかさず、洋之介が棒切を取り上げた。細い棒でもたたかれると結構痛いのである。

洋之介と仙太のやり取りを聞いていた寅六が、ニヤリと笑い、

「旦那、沙魚をやりやすかい」

と言って、近寄ってきた。餌に近寄ってくる沙魚のような顔をしている。

「そうだ、沙魚だ」

洋之介は、こうなったら三人で沙魚でも釣りに行くしかないと思った。

光文社文庫

文庫書下ろし／長編時代小説
秘剣《ひけん》 水車《みずぐるま》 隠《かくれ》目《め》付《つけ》江《え》戸《ど》日記《にっき》(二)
著者 鳥《と》羽《ば》 亮《りょう》

2011年1月20日 初版1刷発行

発行者	駒	井		稔
印刷	堀	内	印	刷
製本	榎	本	製	本

発行所 株式会社 光 文 社
〒112-8011 東京都文京区音羽1 16 6
電話 (03)5395-8149 編集部
8113 書籍販売部
8125 業務部

ISBN978-4-334-74903-3 Printed in Japan

組版 萩原印刷

お願い　光文社文庫をお読みになって、いかがでございましたか。「読後の感想」を編集部あてに、ぜひお送りください。

このほか光文社文庫では、どんな本をお読みになりましたか。これから、どういう本をご希望ですか。

どの本も、誤植がないようつとめていますが、もしお気づきの点がございましたら、お教えください。ご職業、ご年齢などもお書きそえいただければ幸いです。当社の規定により本来の目的以外に使用せず、大切に扱わせていただきます。

光文社文庫編集部

ゆすらうめ　梓澤要
裏店とんぼ　稲葉稔
糸切れ凧　稲葉稔
うろこ雲　稲葉稔
うらぶれ侍　稲葉稔
兄妹氷雨　稲葉稔
迷い鳥　稲葉稔
おしどり夫婦　稲葉稔
恋わずらい　稲葉稔
江戸橋慕情　稲葉稔
親子の絆　稲葉稔
濡れぎぬ　稲葉稔
こおろぎ橋　稲葉稔
父の形見　稲葉稔
難儀でござる　岩井三四二
たいがいにせえ　岩井三四二
甘露梅　宇江佐真理

ひょうたん　宇江佐真理
幻影の天守閣　上田秀人
破斬　上田秀人
熾火　上田秀人
秋霜の撃　上田秀人
相剋の渦　上田秀人
地の業火　上田秀人
暁光の断　上田秀人
遺恨の譜　上田秀人
流転の果て　上田秀人
神君の遺品　上田秀人
錯綜の系譜　上田秀人
秀頼、西へ　岡田秀文
源助悪漢十手　岡田秀文
半七捕物帳　新装版（全六巻）　岡本綺堂
影を踏まれた女（新装版）　岡本綺堂
白髪鬼（新装版）　岡本綺堂

鷲（新装版）　岡本綺堂
中国怪奇小説集（新装版）　岡本綺堂
鎧櫃の血（新装版）　岡本綺堂
勝負鷹　強奪二千両　片倉出雲
斬りて候（上・下）　門田泰明
一閃なり（上・下）　門田泰明
深川まぼろし往来　倉阪鬼一郎
五万両の茶器　小杉健治
七万石の密書　小杉健治
六万石の文箱　小杉健治
一万石の刺客　小杉健治
上杉三郎景虎　近衛龍春
川中島の敵を討て　近衛龍春
剣鬼疋田豊五郎　近衛龍春
坂本龍馬を斬れ　近衛龍春
にわか大根　近藤史恵
巴之丞鹿の子　近藤史恵

ほおずき地獄　近藤史恵
八州狩り（新装版）　佐伯泰英
代官狩り（新装版）　佐伯泰英
破牢狩り（新装版）　佐伯泰英
妖怪狩り（新装版）　佐伯泰英
百鬼狩り（新装版）　佐伯泰英
下忍狩り（新装版）　佐伯泰英
五家狩り（新装版）　佐伯泰英
鉄砲狩り　佐伯泰英
奸臣狩り　佐伯泰英
役者狩り　佐伯泰英
秋帆狩り　佐伯泰英
鵺女狩り　佐伯泰英
忠治狩り　佐伯泰英
奨金狩り　佐伯泰英
夏目影二郎「狩り」読本　佐伯泰英
流離　佐伯泰英